南朱雀 · 六

낭송 홍루몽

낭송Q시리즈 남주작 06
낭송 홍루몽

발행일 초판1쇄 2014년 12월 22일(甲午年 丙子月 丁卯日 冬至) |
지은이 조설근 | **풀어 읽은이** 윤은영 | **펴낸곳** 북드라망 | **펴낸이** 김현경 |
주소 서울시 중구 청파로 464 101-2206(중림동, 브라운스톤서울) | **전화** 02-739-9918
| **이메일** bookdramang@gmail.com

ISBN 978-89-97969-51-7 04820 978-89-97969-37-1(세트) | 이 도서의 국립중앙도
서관 출판시도서목록(CIP)은 서지정보유통지원시스템 홈페이지(http://seoji.nl.go.
kr)와 국가자료공동목록시스템(http://www.nl.go.kr/kolisnet)에서 이용하실 수 있습
니다.(CIP제어번호: CIP2014035099) | 저작권자와의 협의에 따라 인지는 생략했습
니다. 이 책은 지은이와 북드라망의 독점계약에 의해 출간되었으므로 무단전재와 무
단복제를 금합니다. 잘못 만들어진 책은 서점에서 바꿔 드립니다.

책으로 여는 지혜의 인드라망, 북드라망 **www.bookdramang.com**

낭송
Q
시리즈

남주작
06

낭송
홍루몽

조설근
지음

윤은영
풀어
읽음

고미숙
기획

티

1. '낭송Q'시리즈의 '낭송Q'는 '낭송의 달인 호모 큐라스'의 약자입니다. '큐라스'(curas)는 '케어'(care)의 어원인 라틴어로 배려, 보살핌, 관리, 집필, 치유 등의 뜻이 있습니다. '호모 큐라스'는 고전평론가 고미숙이 만든 조어로, 자기배려를 하는 사람, 즉 자신의 욕망과 호흡의 불균형을 조절하는 능력을 지닌 사람을 뜻하며, 낭송의 달인이 호모 큐라스인 까닭은 고전을 낭송함으로써 내 몸과 우주가 감응하게 하는 것이야말로 최고의 양생법이자, 자기배려이기 때문입니다(낭송의 인문학적 배경에 대해 더 궁금하신 분들은 고미숙이 쓴 『낭송의 달인 호모 큐라스』를 참고해 주십시오).

2. 낭송Q시리즈는 '낭송'을 위한 책입니다. 따라서 이 책은 꼭 소리 내어 읽어 주시고, 나아가 짧은 구절이라도 암송해 보실 때 더욱 빛을 발합니다. 머리와 입이 하나가 되어 책이 없어도 내 몸 안에서 소리가 흘러나오는 것, 그것이 바로 낭송입니다. 이를 위해 낭송Q시리즈의 책들은 모두 수십 개의 짧은 장들로 이루어져 있습니다. 암송에 도전해 볼 수 있는 분량들로 나누어 각 고전의 맛을 머리로, 몸으로 느낄 수 있도록 각 책의 '풀어 읽은이'들이 고심했습니다.

3. 낭송Q시리즈 아래로는 동청룡, 남주작, 서백호, 북현무라는 작은 묶음이 있습니다. 이 이름들은 동양 별자리 28수(宿)에서 빌려 온 것으로 각각 사계절과 음양오행의 기운을 품은 고전들을 배치했습니다. 또 각 별자리의 서두에는 판소리계 소설을, 마무리에는 『동의보감』을 네 편으로 나누어 하나씩 넣었고, 그 사이에는 유교와 불교의 경전, 그리고 동아시아 최고의 명문장들을 배열했습니다. 낭송Q시리즈를 통해 우리 안의 사계를 일깨우고, 유(儒)·불(佛)·도(道) 삼교회통의 비전을 구현하고자 한 까닭입니다. 아래의 설명을 참조하셔서 먼저 낭송해 볼 고전을 골라 보시기 바랍니다.

▷ 동청룡: 『낭송 춘향전』, 『낭송 논어/맹자』, 『낭송 아함경』, 『낭송 열자』, 『낭송 열하일기』, 『낭송 전습록』, 『낭송 동의보감 내경편』으로 구성되어 있습니다. 동쪽은 오행상으로 목(木)의 기운에 해당하며, 목은 색으로는 푸른색, 계절상으로는 봄에 해당합니다. 하여 푸른 봄, 청춘(靑春)의 기운이

가득한 작품들을 선별했습니다. 또한 목은 새로운 시작을 의미하기도 합니다. 청춘의 열정으로 새로운 비전을 탐구하고 싶다면 동청룡의 고전과 만나 보세요.

▷ 남주작 : 『낭송 변강쇠가/적벽가』, 『낭송 금강경 외』, 『낭송 삼국지』, 『낭송 장자』, 『낭송 주자어류』, 『낭송 홍루몽』, 『낭송 동의보감 외형편』으로 구성되어 있습니다. 남쪽은 오행상 화(火)의 기운에 속합니다. 화는 색으로는 붉은색, 계절상으로는 여름입니다. 하여, 화기의 특징은 발산력과 표현력입니다. 자신감이 부족해지거나 자꾸 움츠러들 때 남주작의 고전들을 큰소리로 낭송해 보세요.

▷ 서백호 : 『낭송 흥보전』, 『낭송 서유기』, 『낭송 선어록』, 『낭송 손자병법/오기병법』, 『낭송 이옥』, 『낭송 한비자』, 『낭송 동의보감 잡병편 (1)』로 구성되어 있습니다. 서쪽은 오행상 금(金)의 기운에 속합니다. 금은 색으로는 흰색, 계절상으로는 가을입니다. 가을은 심판의 계절. 열매를 맺기 위해 불필요한 것들을 모두 떨궈 내는 기운이 가득한 때입니다. 그러니 생활이 늘 산만하고 분주한 분들에게 제격입니다. 서백호 고전들의 울림이 냉철한 결단력을 만들어 줄 테니까요.

▷ 북현무 : 『낭송 토끼전/심청전』, 『낭송 노자』, 『낭송 대승기신론』, 『낭송 동의수세보원』, 『낭송 사기열전』, 『낭송 18세기 소품문』, 『낭송 동의보감 잡병편 (2)』로 구성되어 있습니다. 북쪽은 오행상 수(水)의 기운에 속합니다. 수는 색으로는 검은색, 계절상으로는 겨울입니다. 수는 우리 몸에서 신장의 기운과 통합니다. 신장이 튼튼하면 청력이 좋고 유머감각이 탁월합니다. 하여 수는 지혜와 상상력, 예지력과도 연결됩니다. 물처럼 '유동하는 지성'을 갖추고 싶다면 북현무의 고전들과 함께해야 합니다.

4. 이 책 『낭송 홍루몽』은 조설근이 지은 장편소설 『홍루몽』을 풀어 읽은이가 그 편제를 새롭게 하여 엮은 발췌 편역본으로, 인민문학출판사에서 펴낸 신교주본(新校註本) 『홍루몽』을 저본으로 하였습니다.

차 례

『홍루몽』은 어떤 책인가 :
우리는 인생이라는 꿈을 꾸고 있는 것이 아닐까 08

1. 夢, 꿈과 환상 속을 헤매는 인간 19
　　1-1. 꿈, 내가 아닌 다른 존재를 욕망하는 것 20
　　1-2. 생을 거듭해 이어지는 인연, 나의 마음 때문이라네 24
　　1-3. 꿈속 황홀경에 마음 빼앗기고 28
　　1-4. 가짜도 진짜로 믿게 하는 것은 욕망 33
　　1-5. 봄날이 지나면 꽃잎도 흩어지리 37
　　1-6. 꿈과 현실, 어느 것이 진짜인가 41
　　1-7. 현실은 늘 후회로 가득하고 45
　　1-8. 심장을 꺼내 그대 마음을 보여줘 48
　　1-9. 미련과 그리움에 이승과 저승을 헤매고 51
　　1-10. 한바탕 꿈이 깨고 다시 제자리로 54

2. 緣, 인연 따라 태어나 살고 만나고 죽고 57
　　2-1. 옥을 입에 물고 태어난 아이 58
　　2-2. 인연은 서로 알아보는 것 60
　　2-3. 인연이 별건가, 엮으면 인연이지 64
　　2-4. 운명을 예고하는 불길한 수수께끼 67
　　2-5. 마음을 나눔으로써 시작된 인연 71
　　2-6. 대의명분이 아니라 지인의 눈물 속에서 죽으리 74
　　2-7. 중요한 건 진실하고 정성된 마음뿐 77
　　2-8. 인연을 맺는 것도 인간, 끊는 것도 인간 81
　　2-9. 인연을 끝내고 돌아간 나는 예전의 내가 아닐 터 84

3. 情, 애틋한 정을 어쩌지 못해 87

3-1. 들킨 정이 애틋해 88
3-2. 비 내리는 밤, 정도 내리네 91
3-3. 말하지 않으면 알 길이 없지 96
3-4. 마음은 늘 허공을 떠돌고 99
3-5. 고백, 참을 수 없는 정을 토해내는 것 103
3-6. 살아도 죽어도 언제나 함께라네 106
3-7. 죽은 뒤에도 정을 잇고 싶어라 110
3-8. 안타까워 마라, 언젠가는 모두 흩어지리라 113
3-9. 정이 지나치면 자신을 잃는가 115
3-10. 마음은 그대로인데 신부는 바뀌었네 120

4. 物, 넘쳐흐르는 정, 세상만물을 적시네 125

4-1. 꽃잎을 묻고 이내 정도 묻고 126
4-2. 여린 시심, 국화를 만나다 129
4-3. 하얗게 눈 속에 나도 묻히리 132
4-4. 홍매화 세 글자가 토해낸 시 135
4-5. 살구꽃 만나지 못한 것이 못내 아쉬워 138
4-6. 꽃을 베고 누워 잠들다 141
4-7. 마음을 실어 연을 날리네 144
4-8. 때늦게 피어난 해당화에 마음은 가지각색 148

5. 時, 먹고 마시고 사는 이야기 151

5-1. 귀하고도 귀한 신비의 냉향환 152
5-2. 상상 그 이상의 화려함, 대관원 156
5-3. 손자 사랑과 공양은 비례하는 것 160
5-4. 세상 모든 것은 음 아니면 양 164
5-5. 세상에 둘도 없는 기이한 물건들 169
5-6. 군침 돌게 만드는 요리 레시피 175
5-7. 이쯤 돼야 차를 마신다 할 수 있지 178
5-8. 물건에 마음 뺏기면 무슨 짓인들 못하랴 181
5-9. 불꽃 축제의 밤 185
5-10. 귀신 쫓는 법사가 열리는 대관원 188

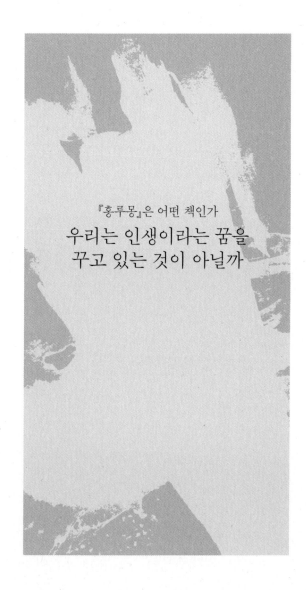

『홍루몽』은 어떤 책인가

우리는 인생이라는 꿈을
꾸고 있는 것이 아닐까

여기 '붉은 누각의 꿈'(『홍루몽』紅樓夢)이라는 한바탕 꿈 이야기가 있다. 처음 이 이야기를 읽었을 때 한편으로는 인간이 누릴 수 있는 부귀영화가 얼마만큼 화려하고 사치스러울 수 있는가에, 또 한편으로는 인간의 정情이란 것이 어찌 이리 애틋하고 절절한 것인가에 놀랐다. 『홍루몽』은 바로 인간의 욕망, 그리고 정에 대한 이야기다. 그런데 재밌는 건 저자가 이 모든 것을 한바탕 꿈으로 설정했다는 것이다. 더 많이 더 오래 누리고 싶은, 색色과 부富와 명命에 대한 욕망, 그리고 인간과 만물에 흘러넘치는 애틋한 정을 기가 막히게 그려 놓고는 그게 다 꿈이라는 것!

그렇다면 누구의 꿈인가? 놀랍게도 꿈의 주인공은 돌이다. 돌이 꾼 인간세상의 꿈! 『홍루몽』의 원래 제목은 '돌의 이야기'란 뜻의 『석두기』石頭記다. 어쩌다가 『석두기』가 『홍루몽』이 되었는지는 모른다. 작가가 죽은 지 30년이 지나 나온 목활자 간행본에 '홍루몽'이 제목으로 박혀 나왔다고 하니, '홍루몽'을 읽은 모두가 지은 것이라고 해도 좋을 것이다.

아무튼 꿈의 주인공은 돌이다. 물론 이 돌은 길가에 굴러다니는 평범한 돌이 아니다. 중국 창조신화에서 하늘과 땅을 연 것은 반고다. 그가 죽을 때 그

몸은 해, 달, 별, 바람, 구름, 나무, 돌, 물 등 온 세상 만물이 되었는데, 그 후에 삼황三皇인 복희씨, 여와씨, 신농씨가 생겨난다. 『홍루몽』의 주인공 돌은 바로 이 여와씨와 관련이 있다. 여와씨가 돌을 달구어서 하늘을 때우는 데 쓰고 남아 대황산 청경봉 아래 버린 돌이기 때문이다. 그러니 예사 돌이 아니라 여와씨의 손길을 받고 생각하는 재주를 갖게 된 신통한 돌인 것이다. 여와씨는 인간을 창조한 여신이고 다산과 풍작을 상징하는 대지모신大地母神이다. 돌 역시 다산과 풍작을 상징한다. 돌의 화신인 가보옥賈寶玉의 여성스러운 기질은 이런 이미지를 투영한 것이라고 한다.

자, 이제 돌이 환생한 가보옥 얘기를 해보자. 너무나 섬세하고 다감하여 "성을 내도 웃는 듯하고 눈을 부릅떠도 정이 넘치는 듯한" 모습의 가보옥은 가씨 집안의 화려한 정원(대관원)에서 여러 누이와 시녀들에 둘러싸인 채 더없이 화려한 생활을 한다. 이 여인들을 금릉십이차金陵十二釵라고 한다. '금릉'은 오늘의 남경(난징)을 말하고 '십이차'는 12개의 비녀를 뜻하니, '금릉십이차'는 '금릉의 열두 여인들의 이야기'란 뜻이다. 『홍루몽』은 이 여인들의 이야기이기도 하다. 『홍루몽』을 읽는 재미는 바로 이 여인들에 있다. 하나같이 덜떨어지고 놀 궁리, 사기 칠 궁리, 여자 품을 궁리만 하는 가씨 집안 남자들에 비해, 이 집의 여인들은 똑똑하고 재주 많고 어여쁘기까지 하다. 그야말로 여인천하!

보옥은 태어날 때 입 안에 옥을 물고 나왔는데 바로 돌이 변한 것이다. 돌잡이 때 보옥은 분첩, 비녀, 가락지를 집어 아버지를 실망시키더니, 좀 커서는 "여자는 물로 만든 골육이고 남자는 진흙으로 만든 골육이라, 여자아이를 보면 마음이 상쾌해지지만 남자를 보면 더러운 냄새가 진동한다"고 하여 모두를 기함시킨다. 극 중 인물인 냉자흥冷子興은 보옥이 여자를 너무 좋아하니 장차 색마가 될 거라고 예언했지만 보옥은 색을 탐하는 자가 아니다. 굳이 말하자면 그는 정情을 품은 자다.

이런 다감한 남자 보옥의 인연은 두 명이다. 우선, 가보옥과 임대옥林黛玉의 전생 인연을 '목석전맹'木石前盟이라고 한다. 전생에 보옥은 신령한 구슬을 모시는 신선이었고 대옥은 풀이었는데, 신선이 매일 물을 줘서 풀은 영원한 생명을 얻게 된다. 둘의 인연은 인간 세계로 이어지지만 안타깝게도 맺어지지는 못한다. 그 둘이 만나 대옥이 죽음을 맞이하기까지의 이야기는 가슴이 저릴 만큼 애틋하다. 무슨 어린 애들이 이리 청승인가 싶지만 열셋에서 열다섯 살의 꽃다운 청춘은 별것 아닌 일에도 가슴 두근거리고 울고 웃는 나이가 아니던가. 또 다른 인연은 보옥과 설보차薛寶釵의 현세 인연으로 금옥양인金玉良姻이라고 한다. 금목걸이를 건 소녀와 옥을 물고 태어난 소년은 현세에서 부부로 맺어진다. 어른스러운 보차는 대옥을 잊지 못하는 보옥을 감싸 안지만 끝내 속세와 인연을 끊고 제자리로 돌아가는 보옥 때문에 혼자 남아 아들을 키우는 처지가 된다.

『홍루몽』은 이들의 인연을 한 축으로 하고 가씨 집안의 흥망성쇠를 또 다른 축으로 한다. 처음에 언급했듯 이 이야기는 인간이 누릴 수 있는 부귀영화의 화려함과 사치의 끝을 보여 준다. 집안에 배를 띄울 연못과 열 채가 넘는 집이 들어가는 정원인 대관원을 지었다는 것으로도 그 규모를 짐작할 수 있을 것이다. 그뿐만이 아니다. 그들이 먹고 마시고 입고 누리는 것들, 예를 들어 닭이 열 마리 넘게 들어가는 가지절임, 우유 넣어 찐 양의 태반, 어느 절의 매화 꽃송이 위 눈을 모아 꽃항아리에 넣어두었다가 5년

후 열어 그 물로 끓인 차, 사막여우 목덜미 가죽으로 만든 작금니, 운 나쁘면 약을 짓는 데 10년 이상 걸리는 냉향환 등은 입이 떡 벌어질 정도다. 하지만 그들이 이런 호사와 사치를 누리는 동안 가세는 점점 기울어져 갔다. 그러다 결국 가씨 집안의 장녀로 황제의 귀비가 된 원춘이 죽고 가씨 집안 남자들의 뇌물 비리가 터지면서 집안은 풍비박산이 나고야 만다. 놀라운 건, 이 모든 것이 사실이라는 것, 그것도 저자가 직접 겪은 일이라는 것이다. 이제, 저자 조설근曹雪芹의 이야기를 해보자.

『홍루몽』이 청대 건륭연간(18세기)에 처음 나온 이래로 저자에 대한 관심은 크지 않았다. 『홍루몽』의 저자 조설근이 어떤 인물인지가 밝혀진 것은 1920년대 호적胡適에 의해서다. 조설근에 대한 기록은 크게 알려진 바가 없지만, 그는 남경의 명문가 조씨 집안의 사람이었다. 그의 할아버지 조인曹寅은 청의 네번째 황제이자 청을 반석 위에 올려 놓은 강희제와 어렸을 때부터 함께 자라고 공부한, 황제의 가장 신임받는 신하이자 평생의 지기였다. 뛰어난 문학적 재능으로 당시 이름난 문인들과 두루 사귄, 강남 사교계의 중심인물이었다. 만주족의 청 황실은 한족의 문화, 경제 중심지인 남경, 소주, 항주의 강남지역에 촉각을 곤두세우며, 이 지역에 비단공장을 세우고 이를 거점으로 한족들의 동향을 살폈다. 그 비단공장의 운영을 맡은 것이 바로 조씨 가문이다. 강희제는 재위 61년 동안 여섯 차례 강남을 순시했는데, 그 중 네 번을 조인이 운영하는 강녕직조에서 영접했다고 한다. 『홍루몽』에서 원춘 귀비가 친정나들이를 한다고 가씨 가문에서 대관원을 건설한 것처럼 조씨 가문은 황제를 맞이하면서 그런 대규모 공사를 했다고 한다. 조인이 죽자 조씨 가문도 『홍루몽』의 가씨 가문처럼 곧 몰락하고 만다. 강희제에 이어 등극한 옹정제는 이제 자리 잡기 시작한 청나라의 기틀을 확고히 하기 위해 부정부패를 혁파하고 나라살림을 단속하는 데 온 힘을 기울였다. 이때 가장 먼저 한 일이 강희제의 신임을 받고 권세를 누리던 자들을 몰아내는 일이었는데 조씨 가문도 예외일 수 없었다.

집안이 풍비박산 날 때 조설근의 나이는 『홍루몽』의 소년, 소녀들과 비슷한 열세 살이었다. 하니 조설근은 『홍루몽』을 거짓으로 꾸미거나 상상해 낸 것이 아니라 자신이 겪은 일을 그대로 묘사한 것이다. 루

쉰은 『홍루몽』에 대해 이렇게 말했다. "대체로 문장은 진실성에 바탕을 두었고, 다 직접 겪은 일이며, 사실을 그대로 썼기 때문에 신선하다"라고. 어린 시절 보옥과 같은 귀여움을 받으며 부귀영화를 누리던 조설근은 집안이 몰락한 후 북경으로 가지만 그곳에서 자리를 잡지 못하고 북경 교외 서산 기슭으로 이주해 만주족 기인旗人들의 마을에 정착하게 된다. 그는 그곳에서 궁핍한 생활을 하면서 지기들과 술 마시고 환담을 나누며 시와 그림을 즐겼다고 한다. 『홍루몽』은 바로 이곳에서 그가 마흔여덟의 나이로 죽기 전까지 십여 년에 걸쳐 써낸 이야기다.

도대체 그에게 『홍루몽』을 쓴다는 것은 무슨 의미였을까? 부귀영화가 한때의 꿈임을 몸소 겪으며 그것의 허망함을 일찍이 깨달은 자의 글쓰기. 어쩌면 글을 남기려는 욕망 하나를 가지고 그는 모든 스러져 가는 것들에 대항했는지도 모른다. 모든 것은 사라지지만 글은 남을 것이고, 글이 남으면 나의 이름도 남을 것이다! 그러고 보면 인간은 욕망하지 않고는 살 수 없는 존재인가 보다.

"과연 한낱 부질없고 황당한 얘기로다! 지은 사람

도 모르고, 베낀 사람도 모르며, 독자도 알 수 없구
나. 결국 붓장난으로 사람의 마음을 기쁘게 해준
데 불과한 것을!"

조설근은『홍루몽』제120회에서 극중 인물인 공
공도인空空道人의 입을 빌려 저와 같이 말한다. 그는
한낱 '붓장난'이라 했지만 갑자기 이런 생각이 든다.
그는 욕망과 정에 들끓는 인생이 얼마나 허망한가를
이야기의 소재로 삼아 글쟁이로서의 자기의 욕망을
한껏 실현시키고 있는 것은 아닌가 하는. 욕망과 정
에 얽매이는 인생은 꿈과 같이 허무하다. 하지만 그
런 줄을 알면서도 욕망과 정에 휘둘려 살 수밖에 없
는 존재가 바로 인간이 아닌가.

그렇다면, 이야기가 아니라 낭송으로 만나는『홍
루몽』은 어떨까. 다섯 가지 주제로『홍루몽』을 새
로 가름해 보았다. 몽夢, 연緣, 정情, 물物, 시時가 그
것이다. 유독『홍루몽』에는 꿈과 환상이 많이 나온
다. '몽'夢은 바로 꿈과 환상을 헤매는 인간의 이야기
이다.『홍루몽』은 인간들 사이의 온갖 인연들을 보
는 재미도 쏠쏠하다. 새로운 인연에 설레고 기뻐하
다가 끊어진 인연에 가슴 아파하고 그리워한다. '연'

緣은 그런 인연들에 대한 이야기이다. 손발이 오그라들 만큼 간질간질한 정, 너무 애틋해서 눈물이 날 것 같은 정. '정'情은 인간 사이의 정을 나누는 이야기를 중심으로 모은 것이다. 넘치는 정은 인간에게만 향하지는 않으니, 정은 만물에게로 흘러들어 인간의 마음을 흔들어 놓는다. '물'物은 만물과 인간의 정이 만나는 이야기다. 마지막 '시'時는 『홍루몽』의 시대를 알 수 있는 풍속을 모았다. 상상도 못할 신기한 물건들, 군침 도는 먹을거리들, 귀신 쫓는 법사, 화려한 불꽃놀이 등 그들이 어떻게 먹고 마시고 살았는지에 대한 이야기이다.

『홍루몽』의 전체 줄거리를 몰라도 낭송을 통해서 돌이 경험한 인간세상의 이야기를 충분히 즐길 수 있을 거라 생각한다. 낭송해 보니 너무 재밌어서 『홍루몽』 전체를 읽고 싶은 마음이 들면 좋겠다. 자, 이제 『홍루몽』의 입맛을 즐길 차례!

2014년 7월 여름,
보옥과 함께 울고 웃은 은영 씀

1부
夢,
꿈과 환상 속을 헤매는 인간

1-1.
꿈, 내가 아닌 다른 존재를 욕망하는 것

먼 옛날 여와씨가 하늘을 때우기 위해 대황산 무계애 無稽崖에서 돌을 달구고 있을 때의 이야기다. 높이가 열두 길, 폭이 스물네 길이나 되는 너럭바위 36,501 개를 불에 달구었는데 여와씨는 그 중 36,500개만 쓰 고 나머지 한 개를 이 산의 청경봉 아래로 내던졌다. 이 돌은 불에 단련된 뒤라 신통하게도 혼자서도 생각 을 할 수가 있었다. 다른 돌들이 모두 하늘을 때우는 데 쓰였는데도 재주 없는 자신만이 그에 뽑히지 못한 것을 한탄하고 원망하여 밤낮으로 비통한 마음으로 부끄럽게 여겼다.

여전히 한숨으로 지내고 있던 그 어느 날이었다. 홀 연 비범한 생김새에 남다른 풍채를 가진 스님과 도사 가 이 돌 옆에 앉아 고담준론을 늘어놓았다. 돌이 여기에 끼어들었다.

"대사님, 이 못난 놈의 실례를 용서하십시오. 방금 두 분께서 말씀하시는 것을 들으니 저 인간세상의 찬란한 영광과 번영에 대해 깊이 빠져드는 마음이 생겼습니다. 저는 비록 못나고 어리석지만 성령性靈은 조금 통했습니다. 두 분께서 신선의 모습을 하고 계시니 분명 하늘을 돕고 세상을 구제할 재주와, 사물을 이롭게 하며 인간을 돕는 능력을 가지고 계실 것입니다. 그러니 저를 저 홍진세계紅塵世界에 들어가 부귀의 고을, 온유의 마을에서 단 몇 년 만이라도 지낼 수 있게 해주시면 크나큰 은혜를 영원토록 마음에 새기고 만 겁劫이 지나도록 잊지 않겠습니다."

두 선사가 그 말을 듣고 함께 껄껄 웃었다.

"좋은 일이로다, 좋은 일이야! 인간세계에는 진정 즐거운 일들이 있고말고. 하나 그걸 오래도록 간직할 수는 없는 게지. 옛말에도 '아름다운 것에도 모자람이 있고, 좋은 일에도 마魔가 낀다'고 하지 않더냐. '즐거움이 극에 달하면 슬픔이 생기는 법'이요, '사람도 달라지고, 산천도 변하는 법'이지. 결국에는 한바탕 꿈이 되고 만사가 공空으로 돌아가는 것이라네. 그러하니 아예 가지 않는 게 좋을 거야."

하지만 이 돌의 마음에는 이미 불이 붙었다. 돌은 몇

번이고 자꾸 졸라 댔다. 두 신선은 억지로 막을 수 없음을 깨닫고 탄식하며 말했다.

"이야말로 고요함이 극에 이르면 움직이고자 하는 것이요, 무에서 유가 생기는 운수로다. 정 그렇다면 우리가 널 데리고 가 인간세상을 한번 누려 보게 할 것이다. 다만 훗날 어쩔 수 없는 지경에 이르렀을 때 후회나 하지 말거라."

"여부가 있겠습니까. 물론입지요."

돌이 선선히 대답하자, 스님이 한마디 덧붙였다.

"네 속은 조금 신통하다고는 하나 굼뜨고 미련하게 생겨 볼품이 없으니 그저 남에게 밟힐 뿐이지 않겠느냐. 이제 내가 불법을 크게 펼쳐 너를 도와주겠다. 하지만 인연의 겁이 끝나는 날 너의 본모습으로 돌이켜 이 사연을 끝내려고 하는데, 네 생각은 어떠하냐?"

돌은 그저 감격할 뿐이었다.

스님이 주문을 외우고 환술을 부리자 집채만 한 바윗덩이가 순식간에 맑고 영롱한 아름다운 옥으로 변했다. 부채 끝에 매달기 딱 좋은 크기의 옥이 되어 차고 다닐 수도 있고 가지고 다닐 수도 있었다. 스님이 옥을 손바닥 위에 올려놓고 웃으며 말했다.

"이제 틀림없는 보물이 되었구나! 하지만 적당한 쓰임새가 없으니 '통령보옥'通靈寶玉이라는 네 글자를 새

겨 넣어 사람들에게 기이한 물건으로 보이게 하는 것
이 좋겠다. 그러고나서 저 인간세계의 창명융성한 나
라, 시례잠영詩禮簪纓의 가문, 화류번화의 지방, 온유부
귀의 고을로 데려가 편히 살게 해주마."
돌이 기쁨에 겨워 물었다.
"스님께서 저에게 어떤 기이한 능력을 주시려는지
요? 저를 어디로 데려다 주시려는 건가요? 분명히 밝
혀 주시면 저의 미혹된 마음이 풀릴 듯합니다."
"아직은 묻지 말거라. 앞으로 자연히 밝혀질 일이니."
스님은 옥으로 변한 돌을 소매에 집어넣고 도사와 함
께 표연히 어디론가 떠났다. 과연 어느 지방, 어느 가
문으로 들어가게 되었는지는 알 수가 없었다.

1-2.
생을 거듭해 이어지는 인연,
나의 마음 때문이라네

어느 길고 긴 여름날 한낮, 서재에 있던 진사은甄士隱
은 책상에 엎드려 스르르 잠이 들었다.

정신이 몽롱한 가운데 그는 알 수 없는 어딘가에 이
르게 되었다. 그때 저 앞에서 스님 한 분과 도사 한 분
이 서로 얘기를 나누면서 걸어왔다. 그때, 도사의 말
이 진사은의 귓가를 스쳤다.

"그 못난 놈을 가지고 어디로 가실 작정이신가?"

그러자 스님이 껄껄 웃었다.

"걱정일랑 붙들어 매 두시구려. 이제 막 풍류 사건 하
나를 마무리할 참인데 아직 이들 연애 당사자들이 세
상에 환생치 못했으니 이참에 이 못난 녀석을 같이
데려가 세상사를 겪어 보게 할 셈이오."

"풍류의 업보를 타고난 그자들에게 다시 세상에 나

가 인생을 겪어 보게 하겠다? 하나, 어느 지방 어느 고을로 떨어지려는지 알 수가 있나."

도사가 묻자 스님이 빙그레 웃었다.

"말하자면 퍽이나 재밌는 얘기라오. 천고 이래로 들어 본 적이 없을 것이오. 옛날 서방의 영하靈河 강가에 있던 삼생석 곁에는 강주초絳珠草라는 초목이 자라고 있었는데, 적하궁에 사는 신영시자神瑛侍者라는 신선이 매일 감로의 물을 대주었다오. 그래서 강주초는 영원한 생명을 얻게 되었지. 하늘과 땅의 정기를 받고 비와 이슬을 자양분으로 먹고 자라나 마침내 초목의 자태를 벗고 아리따운 여자의 몸이 되어서는 종일토록 이한천離恨天의 밖을 노닐면서 배가 고프면 밀청과를 따먹고 목이 마르면 관수해의 물을 마셨다오. 다만 감로를 뿌려 준 신영시자의 은혜에 보답하지 못한 것이 마음속에 깊은 한으로 맺혔는데, 얼마 전 마침 신영시자가 우연히 마음을 일으켜 창명하고 태평한 시절을 틈타 홍진세계로 내려가 인간의 삶을 겪어보고자 하였다는구려.

해서 내가 경환선녀警幻仙女에게 허락을 청했는데, 선녀께서 감로를 대준 은혜를 이 기회에 갚겠느냐, 물으시니 강주초가 이렇게 대답했다더군. '시영시자께서는 저에게 감로를 뿌려 준 은덕을 갖고 계시지만 저는 돌려 드릴 물이 없습니다. 그분이 세상에 내려 가신다면, 저도 따라가 인간이 되어 제가 평생토록 품은 모든 눈물로 돌려 드리고자 합니다. 그러면 조금이나마 보답이 되지 않겠습니까.' 그리하여 수많은 풍류 당사자들이 그들을 따라 내려가 풍류 사건을 마무리 짓게 될 것이라오."

"과연 들어 보지 못했던 신기한 이야기로군. 생각해 보니 이는 역대 풍월의 이야기보다도 훨씬 더 세세하게 잘 짜여 있겠소."

"이전 풍류 인물들은 그저 모습만 대강 그리고는 시사 몇 편을 써넣었을 뿐, 집안과 규중에서 먹고마시는 모습들은 그다지 잘 그리지 못했소. 또 대개 남녀 상열지사의 경우, 남녀가 몰래 정을 통하고 약조하여 사사로이 달아나는 일만 그릴 뿐 젊은 남녀의 진정한 사랑과 연민에 관해서는 조금도 밝혀내질 못했지. 이제 이들 풍류 당사자들이 세상에 들어가면, 색정에 빠진 사람이나 어진 사람, 혹은 어리석은 사람에 관한 그간의 이야기들과는 전혀 다를 것이오."

스님이 이렇게 풀이하자 도사가 말했다.

"이 기회에 우리도 인간세상에 내려가 중생 제도에 힘써 보세나. 다만 몇이라도 해탈시킬 수 있다면 그 또한 공덕을 쌓는 일일 것이오."

"내 뜻도 그러하오. 나와 함께 경환선녀의 궁중으로 가 이 '못난 놈'을 제대로 전하고, 풍류의 업보를 타고난 자들이 세상에 다 내려가기를 기다려 함께 가면 어떻겠소? 지금 절반가량은 환생하였으나 아직 모두 모인 것은 아니니 말이오."

"그러면 그대를 따라 나서겠소이다."

1-3.
꿈속 황홀경에 마음 빼앗기고

보옥이 눈을 감자마자 황홀한 잠 속으로 빠져들었다. 그가 있는 곳은 붉은 난간에 하얀 돌계단, 푸른 나무와 맑은 시냇물이 흐르고 있었고 인적이 드물어 티끌조차 날아들지 않았다. 보옥은 꿈일지언정 너무나 기뻐 '참말로 멋진 곳이로다. 매일같이 부모님과 스승님으로부터 매를 맞고 공부를 하느니, 이런 곳에서 평생을 보낼 수 있다면 백 번 나을 것이다. 집을 떠나야 한다 해도 이것이 내가 정녕 원하는 바가 아니랴' 라고 생각했다. 그런 터무니없는 생각을 하고 있는데 홀연 산 뒤에서 노랫소리가 들려왔다.

봄날의 헛된 꿈은 구름따라 흩어지고,
날리는 꽃잎은 물결따라 흘러가네,

청춘 남녀 모두에게 고하노니,

공연한 근심은 찾아 어쩌겠는가.

노랫소리가 채 끝나기도 전에 저편에서 한 사람이 사뿐사뿐 가볍게 걸어오는 모습이 보였다. 분명 보통 사람과는 달랐다.

버들 숲에서 나왔는가, 꽃 수술서 나왔는가. 다니는 곳마다 나뭇가지의 새들 날아오르고, 이르는 데마다 그림자는 굽이굽이 낭하에 비추네. 신선 소매 펄럭이면 사향과 난초향기 물씬 풍기고, 연잎 옷을 슬쩍 흔들면 낭랑한 패옥소리 딸랑거리네. 웃음 띤 얼굴은 복사꽃 같고, 빗어 올린 머리 뭉게구름 솟은 듯, 붉은 입술은 앵두가 익은 듯, 하얀 이는 석류알처럼 곱네. 하늘하늘 가는 허리 바람에 나부끼는 눈송이 같고, 푸른 비취 밝게 빛나고 이마 가득 달빛 화장이 드러나네. 꽃밭 사이 드나들며 웃다 말다, 연못가를 오고가며 나는 듯 들뜬 듯. 반달눈썹 웃음을 띠고 말을 할 듯 말 듯 살포시 입을 다물고, 사뿐사뿐 내딛는 발걸음은 가려는 듯 멈춰 서고, 멈췄다가는 가려 하네.

고운 몸매 백옥 같은 살결은 부드럽기 그지없고,

빛나는 의상에 찬란한 무늬는 멋지기도 하여라. 향료로 만들고 백옥으로 깎은 듯 사랑스런 용모요, 봉황이 춤추고 용이 날아오르는 듯 아리따운 자태로다. 이른 봄 눈 속의 매화런가, 가을날 서리 맞은 국화런가. 빈 골짜기 소나무처럼 더없이 고요하고, 맑은 연못 비추는 노을처럼 한없이 아름답네. 고운 무늬는 오색을 뿜는 용과 같으며, 맑은 정기는 강물에 비치는 달님이라네. 서시西施가 부끄러워하고 왕소군王昭君도 한 발 물러서리라. 기이하고 이상하여라, 어디에서 태어나고 어디에서 오셨는가. 분명 서왕모 계신 요지에서 나시고, 신선 사는 자부에서 오셨음이로다. 누구시기에 이처럼 곱고도 아름다우신가.

보옥이 가만히 보아 하니 선녀님이라, 너무나 반가워 얼른 달려가 인사하고 물었다.
"선녀님께선 어디서 오시며 지금 또 어디로 가시는 길이신가요? 그리고 이곳은 도대체 어디인지, 저를 좀 데려가 주십시오."
선녀가 웃으면서 대답했다.
"나는 태허환경太虛幻境 안에 살고 있는 경환선녀라 하느니라. 인간세상의 온갖 사랑으로 진 빚을 다스리고, 풍진세계의 사랑 때문에 원망하는 여자와 어리석은 남자를 관장하고 있단다. 풍류의 과보에 얽매여 있는 자가 있어 기회를 보아 그리워하는 마음을 흩어 놓고자 가는 길에 너를 만났으니 이 또한 우연은 아닐 것. 내가 사는 태허환경이 여기서 멀지 않단다. 특별한 것은 아니나 직접 따서 우려낸 차와 손수 담근 술이 한 동이가 있고, 새로 지은 『홍루몽』 열두 곡을 연주하는 가희들이 있으니 나를 한번 따라 가 보지 않겠느냐?"

보옥은 경환선녀를 따라갔다. 도착한 곳의 석조 패방 위에는 '태허환경'이라는 네 글자가 커다랗게 쓰여 있고 양쪽 대련에는 다음과 같은 글이 적혀 있었다.

　　가짜가 진짜 되니 진짜 또한 가짜요,
　　없음이 있음 되면 있음 또한 없음이로다

다음 문을 들어서니 '얼해정천'孽海情天이라는 네 글자가 쓰여 있었고 역시 양쪽 대련에는 다음과 같은 글귀가 있었다.

　　하늘은 높고, 땅은 두터워
　　고금의 정이 다하지 못함이 한탄스러워라

어리석은 남자와 원망하는 여자여,

가련타, 풍월로 얻은 빚 갚기 어려우리니

보옥이 이를 보고 마음속으로 생각했다.

"여기는 원래 이런 곳이구나. 그런데 '고금의 정'이니 '풍월로 얻은 빚'이니 하는 말은 무슨 뜻이지? 이제 조금이라도 알아보아야겠다."

1-4.
가짜도 진짜로 믿게 하는 것은 욕망

다리를 저는 도사 하나가 찾아와 시주를 청했다. 그
는 "원통한 업보로 인한 병을 전문으로 고치노라"고
중얼거렸다. 가서賈瑞가 소리쳐 그 도사를 불렀다.
"어서 저 도사님을 불러서 나를 살려 줘요!"
가서는 그렇게 소리치며 베개 위에서 머리를 조아리
고 절하였다. 사람들이 하는 수 없이 도사를 안으로
들이니 가서가 단번에 도사를 붙들고 사정을 했다.
"도사님, 제발 저 좀 살려 주세요!"
"자네의 병을 고칠 수 있는 약은 이 세상에는 없네.
나한테 있는 귀한 보배 하나를 자네에게 줄 테니 날
마다 그걸 보면 목숨만큼은 보존할 수 있을 것이네."
말을 끝낸 도사는 메고 있던 바랑에서 거울 하나를
꺼냈다. 거울은 양면을 모두 비춰 볼 수 있는 것으로

손잡이에는 '풍월보감'風月寶鑑이라는 네 글자가 새겨져 있었다.

"이것은 태허환경 공령전에서 가져온 것으로 경환선녀가 손수 만드신 거울이네. 사악한 생각과 경거망동으로 인한 병을 치료하며 세상을 구제하고 목숨을 보존하는 공력을 지녔으니, 이 거울을 가지고 세상에 나가면 총명하고 준수한 영걸이나 풍류가 있는 우아한 왕손들만을 비출 것이야. 하지만 절대로 정면을 비추면 안 되고 뒤쪽만 비춰 봐야 하네. 부디 이 점을 반드시 명심하고, 사흘 뒤에 찾으러 올 테니 잘 보관하고 있게나!"

도사는 말을 끝내고 휘적휘적 가버렸다. 가서는 거울을 받아들고 생각에 잠겼다.

"참 재미있는 양반이로군. 그렇다면 한번 비춰 봐야겠군그래."

그러고는 '풍월보감'으로 뒤쪽을 비춰 보았다. 거기서 뜻밖에도 해골 하나가 정면으로 보였다. 가서는 기절초풍하도록 놀라 후다닥 거울을 내던지며 도사에게 욕을 퍼부었다.

"도사란 자가 고약한 놈이로군, 이렇게 나를 놀라게 하다니. 이번엔 뭐가 있는지 앞쪽을 비춰 봐야겠다."

정면을 비추어 보니 거기엔 희봉熙鳳이 손을 흔들며

안으로 들어오라고 그를 부르고 있었다. 가서는 기쁜 마음에 거울 속으로 들어가 희봉과 한바탕 운우지정雲雨之情을 나누었다. 방사를 마친 후 희봉의 배웅을 받고, 침상으로 돌아와 '아이고' 하며 한번 앓는 소리를 하고는 쓰러졌다가 눈을 뜨니 거울은 그의 손 밑에 떨어져 있었다. 처음처럼 거울 뒷면을 비추니 여전히 해골만 있을 뿐이었다. 가서는 진땀이 비오 듯 쏟아지고 아랫도리가 끈적끈적하도록 이미 정액을 흘리고 난 뒤였다. 그러나 마음속에 아직도 미진한 바가 있어 다시 거울 정면을 보니, 희봉이 계속 그 안에서 손짓하며 자신을 부르는 것이었다. 그는 다시 거울 속으로 들어갔다. 들어갔다 나왔다를 서너 차례 반복하다 이제 거울 속에서 나오려는데 갑자기 웬 남자 둘이 나타나 그를 쇠사슬로 묶어 자물쇠까지 채우고는 어디론가 끌고 갔다. 가서가 소리쳤다.

"거울을 가져가게 해줘요!"

겨우 그 말뿐, 더 이상의 말은 하지 못했다. 곁에서 시중을 드는 사람들이 보니, 가서가 거울을 들어 비춰 보고는 떨어뜨리고, 다시 눈을 뜨면 또 거울부터 들고 비춰 보더니, 마지막에는 거울을 떨어뜨리고 더는 움직이질 않았다. 벌써 숨은 넘어갔고 정액을 잔뜩 쏟아놓은 아랫도리는 싸늘하게 질척거리고 있었다.

사람들은 서둘러 옷을 입혀 시신이 된 가서를 침상에 눕혔다. 가대유 부부는 손자의 죽음에 울며불며, 풍월보감을 가져온 도사에게 욕을 퍼부어 댔다.

"이 요망스런 거울 같으니! 당장 이걸 태워 버리지 않으면 세상에 또 얼마나 많은 피해를 끼칠 것이냐!"

사람을 시켜 불살라 버리라 하니, 거울 속에서 곡소리가 났다.

"그러기에 누가 정면을 보라 했소? 자기들이 거짓을 진짜로 잘못 알고선 어찌 나를 태우려 한단 말이오?"

그렇게 통곡을 하는데 마침 절름발이 도사가 달려들며 소리쳤다.

"누가 '풍월보감'을 태운다는 것이냐! 내가 구해 줄 것이다!"

절름발이 도사는 곧장 안마당까지 들어와 거울을 획 빼앗아 들고는 바람처럼 사라졌다.

1-5.
봄날이 지나면 꽃잎도 흩어지리

희봉이 막 눈꺼풀이 감기며 몽롱하게 잠에 빠져들려
는 순간 어렴풋이 진씨[秦可卿]가 걸어 들어오는 것이
보였다. 진씨는 웃음을 머금고 말을 건넸다.

"아주머니, 참 달게도 주무시네요. 이제 저는 돌아가
려는 참인데 한 마장이라도 바래다주지 않으시겠어
요? 평소 의좋게 지냈던 아주머니를 두고 그냥 갈 수
는 없어 하직 인사를 올리러 찾아왔답니다. 마음속으
로 이루지 못한 바람이 하나 있는데 그것도 아주머니
께 말씀드리고요. 다른 사람한테 이야기해 봤자 소용
이 없을 테니까요."

몽롱한 가운데 희봉이 다시 물었다.

"무슨 바람이기에 그래? 어서 말을 해봐!"

"아주머니는 분 바르고 치마 두른 여자 중에서 영웅

이라고 할 수 있잖아요. 띠 두르고 관을 쓴 웬만한 사내들도 아주머니보다는 못해요. 한데, 어찌 흔한 속담 두어 마디조차 모르셔요. '달도 차면 기울고 물도 차면 넘친다'는 말이나 '높은 데 오르면 떨어질 때 더 아프다'는 말도 있질 않습니까? 우리 가문은 세상에 혁혁한 이름을 날린 지 백 년 가까이나 되었는데, 어느 날 만약 '즐거움이 다하면 슬픈 날이 다가온다'는 말이나 '고목나무 쓰러지니 원숭이 떼 흩어진다'는 속담처럼 돼 버린다면 어쩌겠습니까. 일세를 풍미하던 명문가라는 것도 다 헛말이 될 게 아닙니까?"

가경의 말을 들은 희봉은 크게 동감하여 대단히 경외하는 마음을 가지게 되었다. 그래서 얼른 대답했다.

"그래, 자네 말이 지극히 옳네. 그렇다면 어찌해야 무탈히 오래도록 보존할 수가 있단 말인가?"

진씨가 싸늘하게 웃으면서 대답했다.

"아주머니 역시 미욱할 때가 있군요. '운이 막혔다가도 극에 달하면 좋은 운이 온다'는 말처럼 예부터 영욕이란 돌고 도는 것인데 어찌 인력으로 영원히 보존하길 바라시나요? 하지만 지금처럼 왕성할 때 장차 쇠락한 이후의 가업을 계획해 두면 그 역시 가문을 보존하는 일이라 할 수 있을 것입니다. 지금은 여러 가지 일들이 모두 잘 처리되고는 있지만 두 가지만은 마땅치 못하니 이 두 가지를 제대로 실행하신다면 장차 오는 세월을 영원토록 보존할 수 있을 거예요."

희봉이 되묻자 가경이 대답했다.

"지금은 일정한 경비와 양식을 준비해 두지 않은 채로 사철 조상의 선영에 제를 올리며, 역시 일정한 운영비가 정해져 있지 않은 상태로 서당이 세워져 있습니다. 제 소견으로는 지금처럼 성대한 시절에야 제사 비용이 부족할 리 없겠지만 가문이 몰락한 뒤에는 이 두 가지 일을 어디서 충당할 수 있겠어요? 그러니 부귀를 누리고 있을 때 조상의 선영 부근에 전답과 가옥을 마련하여 제사에 필요한 비용을 충당케 하는 게 좋겠습니다. 또 집안의 자제를 공부시키는 서당을 만든 다음 가문의 위아래 사람들을 모아 원칙을 정하여 차후에 한 집안씩 차례대로 한 해 동안의 토지와 전량, 제사 등의 일을 돌아가면서 관장하도록 하세요. 그러면 다툼은 물론 가문의 재산을 저당잡히거나 팔아치우는 일도 없게 될 겁니다. 행여 나라에 죄를 지어 모든 재물을 차압당한다 해도 제사에 관련된 몫은 관청에서도 건드리지 않을 것이고, 가문이 망한다 해도 자손들이 귀향하여 글공부도 하고 농사도 지을 수 있어, 일단 물러설 곳이 있는 셈이니 제사는 영원히 이어질 수 있겠죠.

이제 대단히 기쁜 일이 생길 것입니다. 훨훨 타는 불길에 기름을 더한 듯, 비단 위에 아리따운 꽃을 더한 듯, 성대함의 극치를 맛보게 될 겁니다. 하나, 그 역시 순식간에 지나가는 한순간의 영화임을 꼭 아셔야 합니다. 순간의 즐거움에 빠져 '성대한 잔칫상도 끝날 날이 있다'라는 속담을 잊어서는 아니 될 것입니다. 이럴 때 훗날을 준비하지 않고 그때 가서 후회한들 소용없을 거예요."

희봉이 문득 궁금하여 서둘러 물었다.

"좋은 경사라는 건 뭐야?"

"천기를 누설할 수는 없지요. 저는 아주머니와 한때 잘 지냈던 정리로 이 말씀을 남겨 드리는 것입니다. 부디 잊지 마세요."

진씨는 이어서 다음의 두 구절을 읊었다.

봄 석 달 가 버리면 꽃잎 모두 흩어지고,
자기만의 문 찾아 제각각 돌아가리.

1-6.
꿈과 현실, 어느 것이 진짜인가

보옥은 자신도 모르게 어떤 정원으로 들어가고 있었다. 문득 이상한 생각이 들었다.

'대관원 말고도 이렇게 멋진 정원이 또 있다니!'

그런 생각을 하며 걷고 있는데 저쪽에서 여자애들 몇이 다가오고 있었다. 시녀들이었다. 보옥은 또 생각했다.

'우리 집에 있는 원앙, 습인, 평아 말고도 저렇게 예쁜 여자애들이 또 있다니!'

잠시 후 그들이 다가와 보옥을 보고 웃으며 말했다.

"보옥 도련님이 여기까지 어떻게 나오셨어요?"

보옥은 자신에게 하는 말인 줄 알고 웃음을 띠며 얼른 말을 받았다.

"우연히 걷다가 여기까지 왔어요. 이곳은 어느 대갓

집의 정원인가요? 나 좀 구경시켜 줄래요?"

시녀들이 깔깔거리기 시작했다.

"이제 보니 우리 보옥 도련님이 아니잖아. 그래도 꽤 깔끔하니 잘생기셨네. 말씨도 고상하고 말이야."

보옥이 물었다.

"누나들, 여기에도 보옥이란 사람이 있어?"

"보옥이란 두 글자는 우리 도련님의 무병장수를 빌기 위해 우리가 불러 드리는 이름이야. 노마님과 마님의 명이시지. 그렇게 불러 드리는 걸 도련님도 좋아하시고. 너는 도대체 어디서 온 냄새나는 사내인데 함부로 보옥이란 이름을 부르는 거야? 혼쭐이 나기 전에 조심해. 몽둥이 찜질이라도 받고 싶어서 그래?"

다른 시녀 하나가 웃으면서 말한다.

"얘들아 얼른 가자. 우리 '보옥' 도련님이 보시면 큰일 나겠어. 냄새나는 더러운 사내하고 말하다가 더러운 냄새가 몸에 배면 어쩔 거냐고 할 텐데 말이야."

그러고는 곧장 가 버렸다.

보옥은 큰 혼란에 빠져 버렸다.

'여태껏 내게 이처럼 지독하게 대한 사람은 없었어. 저들은 왜 날 이렇게 대하지? 정말 나랑 똑같이 생긴 사람이 있단 말인가?'

보옥은 생각에 잠겨 천천히 걷다가 한 저택 안으로

들어갔다. 다시 또 이상한 생각이 들었다.

"이홍원怡紅院:가보옥의 거처 말고도 이런 저택이 또 있었단 말인가?"

돌계단을 올라 집 안으로 들어가 보니 누군가 침상에 누워 있었고 한편에서는 시녀들 몇이 바느질을 하며 웃고 장난치고 있었다. 침상에 누웠던 소년이 길게 한숨을 쉬자, 시녀 하나가 웃으며 물었다.

"보옥 도련님! 잠은 안 자고 왜 또 한숨만 쉬는 거예요? 누이의 병 때문에 그래요? 공연한 근심 걱정을 하고 계시네요."

가보옥은 속으로 또 너무나 놀랐다. 침상에 있던 소년이 말했다.

"할머님한테 들으니 장안에도 보옥이란 사람이 있대. 나하고 얼굴도 똑같고, 성격도 똑같다는 거야. 난 전혀 믿지 않았지. 그런데 방금 꿈속에서 경성의 한 정원을 걷고 있었어. 거기서 시녀 여자애들을 만났는데 모두 나더러 냄새나는 사내 녀석이라고 하면서 상대도 해주지 않더라고. 겨우 그 사람의 방을 찾아가 보니 마침 잠을 자고 있었어. 그런데 빈껍데기만 있는 거야. 진짜 알맹이는 어딜 갔는지 몰라."

가보옥이 그 말을 듣고 얼른 나서며 말했다.

"그건 내가 지금 보옥을 찾으러 이곳에 와 있기 때문

이야. 알고 보니 네가 바로 보옥이로구나!"
침상에 있던 보옥이 얼른 내려와 손을 잡으며 말했다.
"네가 바로 보옥이야? 이게 꿈은 아니겠지!"
"이게 어찌 꿈일 수가 있어? 진짜 중에 진짜지."
말이 미처 다 끝나기도 전에 밖에서 외치는 소리가
들렸다.
"대감나리께서 도련님을 찾으십니다!"
그 말에 두 사람은 깜짝 놀랐다.
하나의 보옥은 얼른 나가려고 했고 또 하나의 보옥은
급히 소리쳤다.
"보옥아, 어서 돌아와, 빨리 돌아와!"

1-7.
현실은 늘 후회로 가득하고

유상련柳湘蓮은 우삼저尤三姐의 시신을 끌어안고 한바
탕 통곡을 하였다. 관이 도착할 때를 기다려 염습을
하는 것까지 다 지켜봤다. 염이 끝나자 다시 관에 엎
드려 목놓아 곡을 하고 하직인사를 올린 다음 문을
나섰다. 하지만 대문을 나서고도 어디로 가야 할지
알 수가 없었다. 눈앞이 아득해지며 방금 벌어졌던
일들이 되살아났다. 천하절색인 우삼저가 그처럼 강
직하고 절개가 곧았다니! 생각할수록 후회막급이었
다. 그런 생각을 하며 발걸음을 옮기는데 설반薛蟠 : 설
보차의 오빠의 시동이 자신을 찾으러 왔다. 시동은 넋을
놓은 유상련을 그의 신혼방으로 데리고 들어갔다. 방
안의 모든 것이 깔끔하고 가지런했다. 그때 짤랄짤랑
패물 흔들리는 소리가 들리더니 우삼저가 안으로 들

어오는 것이 아닌가. 우삼저는 한 손에는 원앙검을, 다른 한 손에는 책 한 권을 들고서 눈물을 흘리며 유상련에게 말했다.

"소첩, 어리석게도 오 년이나 낭군님을 기다렸사옵니다. 하지만 낭군께서는 과연 얼음처럼 차가운 마음과 차가운 얼굴을 갖고 계시더군요. 소첩은 죽음으로써 어리석은 정을 보답하려고 합니다. 소첩은 지금 경환선녀의 명을 받잡고 태허환경으로 들어갑니다. 그곳에서 사랑에 빠져 죽은 귀신들의 이야기를 정리하는 일을 맡게 되었습니다. 차마 그냥 헤어지기는 섭섭하여 이처럼 한번 찾아와 뵙는 것입니다. 앞으로 다시는 뵐 수 없을 것입니다."

말을 마친 우삼저가 나가려고 했다. 유상련이 그를 차마 그냥 보낼 수 없어 얼른 달려들어 붙잡으려 하니, 우삼저가 단호하게 말했다.

"저는 사랑의 하늘에서 왔다가 이제 사랑의 땅으로 떠납니다. 전생은 사랑에 미혹되었으나 지금은 부끄러움을 깨달았습니다. 이제 당신과는 아무 상관없는 몸입니다."

우삼저는 쌀쌀맞게 말을 마치더니 어디선가 획 불어오는 향기로운 바람과 더불어 흔적도 없이 사라졌다. 유상련은 깜짝 놀라 깨어났다. 꿈인 듯 아닌 듯 아득한 느낌이 들었다. 눈을 뜨고 보니 설반의 시동도 보이지 않고, 그곳은 신혼방이 아니라 다 쓰러져 가는 낡은 절간이었으며, 곁에는 절름발이 도사가 앉아서 이를 잡고 있는 것이었다. 유상련은 도사에게 머리를 조아리며 물었다.

"이곳이 어딥니까? 선사님의 법명은 어떻게 되시는지요?"

도사가 웃으면서 대답했다.

"이곳이 어딘지는 나 역시 알 수 없고, 내가 누구인지 또한 모른다오. 그저 잠시 다리를 쉬고 있을 뿐이지."

그 말을 듣자, 유상련은 자기도 모르는 사이에 차디찬 기운이 뼛속으로 파고드는 듯했다. 그는 곧바로 원앙검의 웅검을 꺼내 자신의 온갖 번뇌의 근원인 머리카락을 단번에 잘라 버렸다. 그리고 도사를 따라 나섰다. 아무도 모른다. 그가 어디로 갔는지는.

1-8.
심장을 꺼내 그대 마음을 보여줘

이제 아무리 애원해도 소용이 없다는 것을 대옥은 확실히 알게 되었다. 그러자 차라리 죽어 버리는 게 낫겠다 싶어 일어나 밖으로 걸어 나왔다. 엄마가 없다는 것이 원통할 뿐이었다. 외할머니나 외숙모, 사촌 자매들 모두 평소에는 얼마나 잘해 주었던가? 그러나 그것은 모두 거짓이었다. 한편으로는 이런 생각도 들었다.

'오늘은 왜 보옥 오빠만 안 보이는 거지? 오빠를 만나면 혹시 무슨 방법이 있을지도 몰라.'

이때 어디서 나타났는지 보옥이 바로 앞에서 히죽히죽 웃으며 말하는 것이 아닌가?

"대옥아, 축하해."

그 말을 들으니 대옥은 더 애가 타 죽을 지경이었다.

체면이고 뭐고 다 던져 버리고 보옥을 붙들고 소리를 질렀다.

"보옥 오빠, 너무해요! 이토록 무정한 사람이었다니! 난 오늘에서야 그걸 알았어요!"

"내가 어째서 무정하다는 거야? 누이에겐 벌써 신랑감이 정해졌으니 각자의 길을 갈 수밖에."

들을수록 화가 치밀고 억장이 무너지는 말이었다. 대옥은 보옥을 붙들고 울며불며 말했다.

"오빠, 나더러 누구를 따라가란 말이에요?"

"가기 싫으면 여기서 살아. 대옥이는 원래 나한테 정해진 배필이었어. 그래서 우리 집에 온 거잖아. 내가 대옥일 어떻게 대했는지 어디 한번 잘 생각해 봐."

그 말을 들으니 대옥은 자기가 정말로 보옥에게 정해진 사람이었던 것 같아 순식간에 마음속에 꽉 차 있던 슬픔이 기쁨으로 변하는 것을 느꼈다.

"나는 마음을 철석같이 굳혔어요. 그런데 오빠는 도대체 나더러 가라는 거예요, 가지 말라는 거예요?"

"가지 말라고 했잖아. 정 못 믿겠으면 내 마음을 보여 줄까?"

이렇게 말하며 보옥은 단도로 자기 가슴팍을 죽 그어 버리는 것이었다. 그러자 대번에 붉은 피가 주르륵 흘러내렸다. 혼비백산한 대옥은 황급히 보옥의 가슴팍을 움켜쥐고 울부짖었다.

"왜 이런 끔찍한 일을 저지르는 거예요? 차라리 나를 먼저 죽여요!"

"걱정 마. 내 마음을 대옥이에게 보여 주려는 거야."

그러면서 보옥은 벌어진 가슴팍 사이로 손을 집어넣어 심장을 파내려고 했다.

대옥은 눈물범벅이 되어 부들부들 떨면서 행여 누가 그것을 터뜨리기라도 할까 봐 보옥을 끌어안고 통곡하였다.

그때 보옥이 갑자기 비명을 질렀다.

"앗! 내 마음이 없어졌어. 이젠 더 이상 살 수가 없어."

그러고는 눈자위를 허옇게 치뜨며 바닥으로 픽 쓰러져 버렸다. 대옥은 악을 쓰며 세상이 떠나가라 울었다. 그런데 그때 자견의 목소리가 들려왔다.

"아가씨, 아가씨! 가위 눌리셨나 봐요. 일어나서 옷 벗고 주무세요."

1-9.
미련과 그리움에 이승과 저승을 헤매고

"사실대로 말씀드릴게요. 당신이 요 며칠 의식을 잃은 사이 대옥이는 세상을 뜨고 말았어요."

보옥은 그 자리에서 벌떡 일어났다. 그리고 도저히 그 사실을 믿을 수 없어 악을 쓰기 시작했다.

"정말 대옥이가 죽었단 말이야?"

"사실이에요. 무슨 벌을 받으려고 산 사람을 죽었다고 하겠어요? 할머님과 어머님께서는 당신 두 사람이 남달리 친한 남매간이었으니 만일 대옥이가 죽은 걸 알면 당신 역시 함께 죽는다고 할까 봐 알리지 않은 거예요."

이에 보옥은 통곡을 하며 그대로 침상으로 쓰러지고 말았다. 갑자기 눈앞이 깜깜해지더니 어디가 어딘지 분간할 수조차 없었다. 당황하여 어쩔 줄 모르고 있는데 저 앞에서 누군가가 다가오는 것 같았다. 보옥은 어리둥절해하며 그에게 물었다.

"말씀 좀 묻겠습니다. 여기가 어딘가요?"

"여기는 황천길이다. 저승으로 가는 길이지. 아직 넌 수명이 다한 것도 아닌데 여기엔 뭐하러 왔느냐?"

"조금 전, 제 친구가 죽었다는 말을 들었습니다. 그 친구를 찾아왔다가 그만 길을 잃었습니다."

"죽었다는 자가 누구냐?"

"고소 출신의 임대옥입니다."

그러자 그는 냉소를 띠며 말했다.

"살아서는 인간과 같지 않고 죽어서는 귀신과도 같지 않아 혼도 없고 넋도 없는 존재가 임대옥이다. 어딜 가서 그를 찾는단 말이냐? 대개 사람의 혼백은 모이면 형체를 이루고 흩어지면 기(氣)로 변하는지라, 살아 있을 때는 형체가 있으나 죽으면 사라지는 법이다. 평범한 사람의 혼이라 해도 찾을 수 없거늘 하물며 임대옥의 혼임에랴. 썩 돌아가거라."

보옥은 그저 멍하니 듣기만 하다가 다시 물었다.

"죽으면 형체가 없이 사라진다고 하셨는데, 그렇다면 왜 저승이라는 곳이 있는 겁니까?"

그 사람이 다시 차갑게 웃으며 말했다.

"저승이란 곳은 있다면 있고 없다면 없는 것이다. 사

람들이 죽고 사는 일에 얽매여서 만들어 낸 말로, 사람들을 깨우치려고 지어낸 거지. 말하자면 조물주께서 어리석은 인간들이 제 본분을 지키지 않거나, 천명을 다하지 않고도 일찌감치 목숨을 끊거나, 또는 음욕에 빠지거나 기세를 믿고 횡포를 부리다가 까닭 없이 스스로 목숨을 잃는 것을 크게 노여워하시어 이런 지옥을 만드신 게다. 그래서 그런 혼백들을 가둬 놓고 끝없는 고통을 받게 하여 생전의 죄를 씻도록 하셨던 거지.

지금 네가 임대옥을 찾는 것이 바로 까닭 없이 자기를 거기다 빠뜨리는 것이다. 게다가 임대옥이는 이미 태허환경으로 돌아갔다. 네가 꼭 임대옥을 찾아야겠다면 마음을 가라앉히고 열심히 수양을 쌓도록 해라. 그러면 언젠가는 만날 날이 올 거다. 만일 생의 본분을 지키지 않고 스스로 목숨을 끊는다면 너는 저승에 갇혀 부모들이나 만날 수 있을까, 임대옥은 영영 만날 수 없을 것이다."

그는 말을 마치자 소매 속에서 돌멩이 하나를 끄집어내서는 냅다 보옥의 가슴을 향해 그것을 던졌다. 그런 이야기를 들은 데다가 돌로 명치끝을 얻어맞기까지 하자 보옥은 깜짝 놀라 집으로 돌아가고자 했다. 그러나 돌아가는 길을 찾을 수가 없었다.

1-10.
한바탕 꿈이 깨고 다시 제자리로

진사은이 말했다.

"잠시 이 암자에서 쉬고 계십시오. 제겐 아직 끝맺지 못한 속세의 인연이 하나 있는데, 오늘 그것을 끝맺게 되었습니다."

우촌[賈雨村]이 의아해하며 물었다.

"이런 경지까지 도를 닦으셨음에도 아직 속세의 연이 남아 있다는 말씀입니까?"

"다른 게 아니라 딸자식과의 사사로운 정입니다."

우촌은 더욱 의구심이 들었다.

"아니, 선인께 어찌 그런 일이 있을 수 있단 말입니까?"

"선생께선 기억하지 못하실 겁니다. 제 딸아이 영련이는 어렸을 적에 사람도적에게 붙잡혀 갔었지요. 선생께서 처음 부임하셨을 때 그 애의 일을 판결하신 적이 있습니다. 그 애는 설씨 댁으로 시집을 가서 그 가문에 아들 하나를 남겨 대를 잇게 하고는 난산으로 생을 마쳤습니다. 지금이 바로 속세의 인연에서 벗어 나는 때이므로 제가 가서 건너게 해줘야 합니다."

이렇게 말하며 진사은은 소매를 털고 자리에서 일어 났다. 어찌된 영문인지 정신이 몽롱해진 우촌은 급류 진 각미도 나루터의 초막암자에서 잠이 들고 말았다.

한편 사은은 영련을 속세의 고난에서 벗어나게 한 후 태허환경으로 데리고 갔다. 그러고는 그녀를 경환선 녀에게 데려가 장부와 대조하게 하였다. 그런 뒤 막 패방을 돌아서는데 예전에 만났던 그 스님과 도사가 보일 듯 말 듯 멀리서 걸어오고 있는 것이 보였다.

사은은 그들을 맞으며 인사했다.

"대사, 진인, 두 분 경하드립니다! 애정의 연분을 다 하고 모두 깨끗하게 매듭을 지으셨나요?"

그러자 스님이 말했다.

"아닙니다. 정연情緣이 아직 다하지도 않았는데 그 어 리석은 것이 벌써 돌아오질 않았겠습니까? 그래서 그것을 원래 있던 자리에 데려다 놓고, 그가 이후에 겪었던 일들을 분명하게 적어 두려 합니다. 그래야 속세에 내려갔던 보람이 있을 게 아닙니까?"

사은은 그 말을 듣고 두 손을 모아 인사한 뒤 그들과
작별했다.

스님과 도사는 옥을 청경봉 아래로 가지고 가서 여와
가 돌을 구워 하늘에 난 구멍을 메우던 곳에 놓아 두
고는 각자 어디론가 떠도는 구름처럼 사라졌다.

이로부터,

　하늘 밖의 책은 하늘 밖의 일을 전하고,
　두 세상 사람은 한 세상 사람이 되었네.

2부
緣,
인연 따라
태어나 살고 만나고 죽고

2-1.
옥을 입에 물고 태어난 아이

냉자흥이 말했다.

"가정賈政 나리의 부인은 왕씨고 큰아들은 가주賈珠라는 아이였지요. 열네 살에 학당에 들어가 스물이 안되어 장가가서 아들까지 얻었는데, 졸지에 병이 들어 죽고 말았습니다. 둘째로는 따님을 낳았는데 공교롭게도 정월 초하룻날 태어났답니다. 그것도 기이한 일이지만 그 다음에는 아들이 태어났는데 이 아이에 대해 말하자면 더욱 괴이한 일이 있습니다. 태어나면서 입 속에 오색영롱한 옥을 물고 나왔다지 뭡니까? 그 위에는 글자까지 새겨져 있어 이름을 보옥寶玉이라고 지었다고 합니다. 정말 신기한 일 아닙니까?"

가우촌이 다 듣고 웃으며 대답하였다.

"정말 기이한 일이군요. 하지만 그 아이의 내력이 결

코 만만치는 않을 거요."

냉자흥은 그 말에 코웃음을 치면서 말했다.

"사람들마다 그렇게들 말했지요. 그래서 그 아이의 할머니인 사태군史太君 대부인이 얼마나 귀여워하시는지 손 안의 보물로 여기신답니다. 돌잔치 때에는 가정 나리가 아이의 장래를 시험해 보려고 세상의 온갖 물건을 다 차려 놓고 돌잡이를 시켰지요. 근데 다른 건 다 마다하고 지분脂粉이니 비녀니 가락지 같은 것들만 움켜쥐더라는 겁니다. '이놈이 장차 주색의 무리에 들고 말겠다'며 가정 나리는 탐탁치 않아 했지만 그 할머니만은 그 애를 목숨처럼 아끼고 귀여워하고 있지요. 얘기하자면 기이한 일투성이입니다. 지금 일고여덟 살쯤 되었는데 남달리 장난이 심해도 총명하고 기발한 것으로는 백에 하나도 그 아이를 따르지 못할 겁니다. 어린아이가 글쎄 '여자는 물로 만든 골육이고 남자는 진흙으로 만든 골육이라, 여자아이를 보면 마음이 상쾌해지지만 남자를 보면 더러운 냄새가 진동한다'고 했다나요. 정말 웃기지 않습니까? 장차 색마가 되려는 게 틀림없는 겁니다."

2-2.
인연은 서로 알아보는 것

대옥은 궁금했다. '보옥이란 사람은 도대체 얼마나 무지하고 우악스럽게 생긴 멍청하고 짓궂은 사람일까.' 그런 생각을 하고 있는데, 시녀의 아뢰는 소리가 미처 끝나기도 전에 젊은 공자가 불쑥 방 안으로 들어 오는 것이었다.

상투를 튼 머리에는 칠보로 상감한 자색 금관을 썼고, 눈썹 위로 쌍룡이 여의주를 희롱하는 모양의 이마띠를 둘렀으며, 꽃밭을 나는 나비 백 마리가 두 가지 금실로 수놓아진, 소매가 좁은 붉은색 긴 저고리를 입었다. 긴 수술이 달린 허리띠는 오색의 꽃 모양으로 매듭이 지어져 있었고, 올록볼록 여덟 송이 둥근 꽃을 새기고 끝단에 채색술을 단 왜단 석청색 마고자를 걸쳤으며, 하얗고 두꺼운 바닥에 검은 비단으로 만든 작은 신발을 신고 있었다.

얼굴은 가을밤 둥근 달이요, 얼굴빛은 봄 새벽의 이슬을 물고 있는 꽃잎 같으며, 칼로 자른 듯한 귀밑머리에, 먹으로 그린 듯한 눈썹. 얼굴은 봉숭아 꽃술이요, 눈빛은 가을 물결이라. 화를 내도 웃는 듯하고, 눈을 부릅떠도 정이 넘치는 듯하며, 목에는 금빛 교룡의 작은 구슬을 꿴 영락을 걸고, 또 오색영롱한 색실 끈에는 아름다운 구슬이 하나 달려 있었다.

대옥은 그를 보자 울렁거리는 가슴에 스스로 놀랐다.

'참 이상하기도 하다. 어디서 만나 본 것처럼 이다지도 낯이 익을까.'

보옥이 우선 할머니께 인사를 드렸다.

"가서 네 어머니께 인사하고 오려무나."

가모賈母가 말하니 보옥은 즉시 나갔다. 그리고 얼마 안 있어 돌아왔는데, 다시 보니 그 사이에 벌써 관대를 고치고 옷을 갈아입은 상태였다.

후인이 '서강월'西江月 곡조로 두 수를 지어 보옥을 평가하였는데 참으로 잘 맞는 내용이었다. 그 사詞는 이러했다.

까닭 없이 근심 걱정 찾아헤매니
때로는 바보 같고, 때로는 미친 듯이.

타고난 겉가죽은 번듯하지만,
뱃속엔 원래부터 잡초 덩어리.

세상만사 불통이요,
우둔하여 문장 읽기 두려워하네
행동은 편벽되고 성정은 고약하니,
세상 비난 상관인들 하랴!
부귀할 제는 즐거운 일 알지 못하고
빈궁할 제는 처량함 견디기 어렵구나
황금 세월 허송함이 가련하구나,
나라에도 가문에도 소용없는 일.

무능하기는 천하 제일이요,
고금에 불초함은 둘도 없구나
부잣집 도련님아, 내 말 들으소.
행여나 이런 아이 닮지 마시게!

가모가 옆에서 웃으면서 말한다.
"손님이 오셨는데 벌써 옷을 갈아입었단 말이냐? 어서 네 사촌누이한테 인사하려무나."
보옥이 말하길,
"이 누이동생은 전에 만나 본 적이 있어요."

가모가 웃으면서 대꾸하였다.

"또 쓸데없는 소리. 보기는 언제 봤을꼬?"

"만나 본 적은 없다 해도 지금 보니까 아주 낯이 익어
요. 전부터 알고 지낸 사이처럼 느껴지는걸요. 그동
안 멀리 헤어졌다가 지금 다시 만난 것 같아요."

2-3.
인연이 별건가, 엮으면 인연이지

보차가 웃으며 보옥에게 말했다.

"보옥이가 매일같이 목에 걸고 있는 옥에 대해 들었어. 아직 자세히 구경을 못해 봤으니 오늘 한번 봐도 될까?"

보차가 다가와 앉았다. 보옥은 목을 앞으로 내밀며 옥을 떼어 보차의 손에 건네주었다. 크기는 참새알만 한데 노을같이 은은히 빛나고 우유처럼 맑고 부드러우며 오색영롱한 무늬가 감돌았다. 대황산 청경봉 아래 있던 바로 그 완석이 환생한 모습이다.

훗날 누군가 이런 시를 지어 그를 조롱했다.

    여와가 돌을 구우니 이미 황당한 일
    황당한 얘기에다 또 대황산을 말하네.

신비로운 진경세계 문득 떠나와,
몸을 바꿔 태어나니 가죽 껍데기
운은 다해 금빛도 사라지고,
시절 어긋나 구슬도 빛을 잃었네
산처럼 쌓인 성씨조차 잃은 백골들
누군들 귀한 집 자손 아니었으랴.

보차는 앞뒷면을 뒤집어 보며 입 속으로 가만히 되뇌
어 보았다.
'잃지도 말고 잊지도 말거라, 신선 같은 천수를 언제
나 누리리라.'
그렇게 두어 번 읊어 보고는 문득 앵아를 보고 웃으
며 일렀다.
"너는 차는 따르지 않고 여기 멍청히 서서 뭘 하는 거
야?"
"도련님 목걸이의 그 두 마디가 아가씨 목걸이에 새
겨진 구절과 대구를 이루는데요?"
앵아가 실실 웃으며 말대꾸를 한다. 듣고 있던 보옥
이 웃으며 말했다.
"누나 목걸이에도 글자가 새겨져 있단 말이야? 나한
테도 보여줘 봐."
"저 애 말은 듣지도 말아요, 아무 글자도 없어요."

보옥이 그 말을 곧이들을 리 만무했다.

"누나, 그러려면 내 것은 왜 봤어?"

보옥이 하도 애걸하는 통에 보차는 두 손을 들 수밖에 없었다.

"그냥 누군가 상서롭다고 일러준 걸 두 구절 새겨 넣고 매일 목에 걸고 있을 뿐이야. 무겁기만 한데 뭐가 좋다고."

보차는 손으로 옷 단추를 열고 속에 입은 붉은 비단 저고리 위에서 보석이 영롱하고 황금빛 찬란한 영락을 꺼내어 건네준다. 보옥이 손바닥 위에 올려놓고 자세히 들여다보니 과연 한 면에 옛 글자가 네 자씩, 양면에 모두 여덟 글자가 새겨져 상서로운 구절로 대구를 이루고 있었다.

글자의 풀이는 '떠나지도 말고 버리지도 말거라, 꽃 같은 수를 영원히 누리리라'였다.

보옥이 이를 보고 역시 두어 번 입 속으로 외우고는 다시 자신의 것을 두 번 읊더니, 웃으며 말했다.

"누나 목걸이의 글귀가 정말 내 것과 딱 쌍을 이루고 있어!"

2-4.
운명을 예고하는 불길한 수수께끼

가모가 말했다.

"자네 저 병풍 위를 잘 보게. 모두가 손녀딸들이 만든 수수께끼라네. 한번 맞혀 볼 텐가?"

가정이 병풍 앞에 다가가 보니, 첫번째 문제는 이러했다.

요괴마왕 간담조차 서늘하게 하는,
몸은 속백束帛: 비단 묶음과 같고 기세는 우레와 같아
한번 울리는 소리에 세상 사람 벌벌 떠나
고개 돌려 돌아보면 재[灰]뿐일세

"이건 폭죽이다."

"네, 맞혔습니다." 보옥이 얼른 나서며 말했다.

하늘의 운과 사람의 공은 끝이 없으나
공만 있고 운 없으면 만나기 어려워라
어이하여 종일토록 어지럽게 분주한가
음양의 숫자들이 아니 맞아서라네

"이건 주판이로구나."
"네, 그렇습니다." 이번엔 영춘이 나서서 말했다.

섬돌 아래 아이들이 고개 들어 바라보네,
청명한 하늘이 점점으로 화장했네
실 한 올 끊어지면 힘없이 날아가도
행여 봄바람 향해 이별 원망은 말지어다

"이건 연이 아니냐."
"네, 맞습니다." 이번엔 탐춘이 대답했다.

전생의 색色과 상相은 모두 이루지 못함이니
마름의 노래 대신 독경소리 들리누나
먹빛바다 잠겨서도 이생을 따르지 않고
성정 가운데 대광명을 품었도다

"이건 부처님 앞에 서 있는 해등海燈이 분명하구나."

"네, 해등이 맞아요."

석춘이 웃으면서 대답했다.

가정은 잠시 깊은 생각에 빠져들었다.

'귀비가 수수께끼로 낸 폭죽이란 요란한 소리를 내고는 흩어지는 물건이요, 영춘이 지은 주판이란 난마처럼 얽혀서 요동치는 것이다. 연이란 것은 공중에 날아올라 표연히 떠도는 물건이고, 해등이란 조용한 절간에서 쓸쓸히 서 있는 것이 아니던가. 오늘 같은 정월 대보름 좋은 명절날에 어찌 이토록 상서롭지 못한 물건들만을 수수께끼로 냈단 말인가?'

마음이 점점 무거워졌지만 노모를 모시고 있는 자리라 감히 내색하지는 못하고 억지로 계속 읽어내려 갔다. 다음은 보차가 지은 칠언율시 한 수였다.

조회를 마치면 소매 끝엔 연기만 남을 터
칠현금 옆도 이불 속과도 인연은 없어라
새벽시간 알리는 닭도 필요치 않고
오경에 향 피울 시녀도 필요없다네
아침저녁 때때마다 제 머리 불태우고
날마다 해마다 제 마음 지지누나
세월은 유수같이 순식간에 흐르노니
비바람과 음지양지 하릴없이 바뀌도다

이 수수께끼 시까지를 읽고 난 가정은 또 다시 깊은 생각에 빠졌다. '이 수수께끼의 정답은 시간을 알리는 경향更香: 밤에 쓰기 위해 제조한 가늘고 긴 향으로 하나가 다 타면 1경이 지남이다. 이놈은 언젠가는 다 타버리고 마는 것. 어린것들이 지은 수수께끼가 이리도 하나같이 불길하기만 하단 말인가. 오랫동안 길이길이 명을 누리고 살 애들은 아닌 모양이구나!'

생각이 여기에 미치자 마음은 더욱 무겁고 착잡해져서 슬픈 마음이 얼굴에 드러나려 하였다. 방금 전까지 즐거웠던 생각은 사라지고 가정은 고개를 떨군 채 깊은 상념에 빠졌다.

2-5.
마음을 나눔으로써 시작된 인연

화장실에 가려는 보옥의 뒤를 장옥함蔣玉菡이 따랐다.
두 사람이 복도의 처마 밑에 이르자 장옥함이 다시
한번 깊이 사과했다. 보옥이 옥함을 바라보니 부드럽
고 다정스러운 인상에 마음속에 은근한 정이 솟는 듯
했다. 보옥은 옥함의 손을 덥석 잡고 물었다.
"한가할 때 우리 집에 한번 놀러와 줘요. 한데, 한 가
지만 물어볼 게요. 당신 극단에 기관琪官이라 불리는
사람이 어디에 있는지 아시나요? 나는 아직 인연이
없어서인지 세상에 그의 이름이 널리 알려져 있는데
도 만나 보질 못했답니다."
"그게 바로 저의 예명이옵니다."
보옥이 그 말을 듣고는 너무나 반가워 펄쩍펄쩍 뛰면
서 기뻐하였다.

"정말 반갑네요, 너무 반가워요. 과연 그 이름이 헛되이 전해지지 않았군요. 오늘 처음 만났는데 이를 어쩐다?"

잠시 생각에 잠기는 듯하더니 보옥은 소매에서 부채를 꺼내 부채 손잡이 끝에 달린 장식옥을 떼어 장옥함에게 건넸다.

"보잘것없지만 오늘 만남의 징표로 성의를 표하는 것이니 받아 주오."

장옥함이 받아들고 웃으면서 답례인사를 했다.

"한 것도 없이 과분한 녹을 받으니 어찌 감당하겠습니까마는, 좋습니다. 제게도 기이하고 소중한 물건이 하나 있습니다. 오늘 아침 처음 허리에 차고 나온 것이지만 새것이나 다름없는 것입니다. 저의 따스한 마음을 대신하여 드리는 것이옵니다."

장옥함은 겉옷을 걷어 올리더니 허리에 차고 있던 붉은색 땀수건을 풀어서 보옥에게 건네주었다.

"그 수건은 천향국茜香國의 여왕이 진상한 공물인데 여름에 매고 있으면 살갗에서 향기가 솟아나고 땀이 나지 않는다고 합니다. 어제 북정왕 전하께서 제게 하사하신 것을 오늘 처음 매고 나왔습니다. 다른 분 같으면 결코 내드리지 않았을 것입니다. 도련님께서도 매고 계신 수건을 풀어서 제게 주시면 제가 매도록 하겠습니다."

보옥은 너무 기쁜 나머지 얼른 받아들고 자신이 매고
있던 송화가루 같은 노란색 땀수건을 풀어 장옥함에
게 건네주었다.

2-6.
대의명분이 아니라
지인의 눈물 속에서 죽으리

평소 보옥의 성격이 괴팍하다는 것을 습인[花襲人]은 잘 알고 있었다. 좋은 말로 띄워 주면 다 허망하고 부질없다고 싫어하고, 거짓 없는 진실을 있는 그대로 말해 주면 슬픔에 빠져 고개를 떨궈 버리는 사람이 보옥이었다. 자신이 공연한 말로 보옥의 심사를 건드렸다고 짐짓 후회하면서도 습인은 얼른 웃음을 띠며 평소 보옥이 좋아하는 것들에 대한 이야기만 했다. 봄바람과 가을달 같은 풍류 이야기와 지분이나 연지 같은 맵시와 아름다움으로 시작하여 여자가 되면 얼마나 좋은가를 얘기하다가 그만, 여자의 죽음에 대한 말을 내뱉고 말았다. 습인은 스스로 놀라며 얼른 말을 멈추었다.

대화가 한창 무르익은 판에 갑자기 습인이 입을 다물

자 보옥이 웃으며 말했다.

"이 세상에 어디 죽지 않는 사람이 있겠어. 다만 죽을 때 곱게 죽기를 바랄 뿐이지. 수염 난 사내들은, 문신文臣은 직간을 하다가, 무신武臣은 전장에서 죽어야 한다고 생각하지. 이 길만이 사내대장부로서 명예와 절개를 위해 죽는 거라고 말하지만 사실 그런 일로라면 안 죽는 게 훨씬 나아. 어리석고 어두운 임금이 있으니 간언하는 신하가 있는 것이고, 이름 하나 남기려고 앞뒤 사정 살피지 않고 달려들다 죽고 말지. 그러면 남아 있는 임금은 어떻게 되어도 좋다는 말 아니겠어? 또 서로 칼을 든 병사가 있으니 전쟁을 벌어지는 것인데 무조건 달려들어 오로지 공명만을 위해 죽음에 이른다면 나라는 어떻게 되어도 좋다는 말 아니야? 그러니 이러한 죽음은 모두 올바른 죽음이라고 할 수가 없는 거야."

"충신과 명장은 어쩔 수 없는 경우에 이르러 비로소 죽음에 임하는 것이 아니던가요?"

"무장들이란 그저 기운만 넘쳐서 헛된 만용을 부릴 뿐이고, 지략과 모략이 모자라 자신의 무능으로 인해 목숨을 버리는 거야. 그런 걸 부득이하여 어쩔 수 없이 죽었다고 할 수 있을까? 문신들은 무신들보다 더하지. 그냥 책 속의 구절 두어 마디를 외워 뒀다가 조정에 조그마한 흠집이라도 생기면 제멋대로 떠들고 아무렇게나 충고하면서 그저 자신의 충정과 장렬한 이름을 남기려고만 한단 말이야. 그러다 더러운 기운이 한번 솟구치면 죽음도 불사하곤 하니, 그런 것도 부득이한 것이라 할 수 있느냔 말이야. 그뿐이 아니야. 조정이란 하늘의 명을 받아 만들어진 것인데, 그자들은 성스럽지도 못하고 어질지도 못하니 천지신명이 그들에게 천하의 중대한 임무를 맡길 까닭이 없지. 그자들의 죽음은 자기 이름을 남기기 위한 것일 뿐 대의명분이란 아예 없는 것이라고.

만약 내가 지금 이 순간 하늘의 조화에 힘입어 바로 죽게 된다면, 너희가 곁에서 지켜보는 가운데 죽게 되겠지. 너희가 나의 죽음을 슬퍼하며 흘리는 눈물은 냇물이 되었다가 커다란 강물이 되어 나의 시신을 둥둥 띄워 보낼 테지. 내가 고요하고 청정하며 그윽하고 궁벽진 곳으로 흘려보내진 다음 바람따라 변하여 다시는 사람으로 태어나지 않는다면 그야말로 제때에 죽음을 맞이한 셈이 아니겠어."

습인은 갑자기 보옥이 이처럼 미친 소리 같은 황당한 논리를 펴자 피곤하다고 핑계를 대며 더 이상 상대하지 않았다.

2-7.
중요한 건 진실하고 정성된 마음뿐

보옥과 방관芳官, 두 사람만이 방 안에 남았다. 그제야 보옥은 방금 전에 살구나무 밑에서 불길이 솟던 얘기, 우관藕官을 만나 거짓말로 그녀를 감싸준 얘기, 우관이 방관에게 이유를 물어보라고 했다는 얘기까지 자초지종을 상세히 설명했다. 그러고는 우관이 대체 누구의 제사를 지낸 것이냐 물었다. 방관은 얼굴에 웃음기를 띠고도 한숨을 쉬며 말했다.

"그 얘길 하자면 우습기도 하고 탄식이 나오기도 해요."

보옥이 대체 무슨 얘기냐고 다시 다그치자 방관이 말을 이었다.

"그 애가 누구의 제사를 지낸 줄 아세요? 바로 죽은 적관蕤官이에요."

"그야 친구 간의 우정이니까 당연한 거지."

"우정은 무슨 우정이에요? 그 애는 바보 같아요. 자기는 젊은 남자역의 소생小生이고 적관은 여자역의 소단小旦이었으니 둘이 부부 역할을 많이 했죠. 물론 연극에서 가짜로 부부 역할을 한 것뿐이지만 매일 그렇게 노래를 부르며 무대에 오르더니 결국은 진짜 서로를 아끼고 좋아하는 마음이 생겼던가 봐요. 그래서 그 둘이 그만 미쳐 버린 거죠. 공연을 안 할 때도 늘 밥을 함께 먹고, 같이 다니면서 금슬 좋은 부부처럼 굴었어요. 그런데 갑자기 적관이 죽어 버렸고, 우관은 울고불고 죽을 것처럼 난리를 쳤죠. 아직도 못 잊고 매번 절기 때가 되면 지전紙錢을 사르는 거예요. 나중에 예관蕊官이 들어와서 적관의 자리를 채워 주었는데 이번에도 그 앨 그렇게 알뜰살뜰하게 살펴 주더라고요. 그래서 옛사람 보내고 새사람 맞은 맛이 어떠냐고 놀렸더니 이렇게 대꾸를 하대요.

'그 속에 큰 이치가 있는 거야. 남자가 상처했을 때는 당연히 후처를 맞아야 해. 죽은 전처는 마음속으로 잊지 않고 있기만 하면 되는 거야. 그저 죽은 사람만 생각하면서 혼자 일생을 보내는 건 큰 절개를 해치는 격이고 이치에도 맞지 않아. 오히려 죽은 사람을 불안하게 하는 일이지.' 정말 미친 것 같죠? 얼마나 웃기는 일이에요?"

보옥은 그 말을 듣다가 그만 넋을 잃고 말았다. 기쁜 마음과 슬픈 마음이 동시에 일어났다. 우관의 행동이나 말이 자신의 성격과 딱 맞아떨어졌기 때문이다. 보옥은 우관이 참으로 기특하고 절묘하다고 칭찬을 아끼지 않았다. '하늘이 그런 기막힌 사람을 내면서 왜 또 나같이 수염 나고 더러운 인간을 보내어 세상을 더럽혔을까.' 이런 생각까지 하며 얼른 방관에게 당부의 말을 전했다.

"나도 한 가지 부탁할 말이 있어. 내가 직접 우관을 만나서 말하면 아무래도 불편해할 테니 네가 그 애한테 말해 줘."

방관이 그게 무슨 말이냐고 묻자 보옥이 대답했다.

"앞으로는 절대 지전을 사르지 말라고 해. 지전이란 건 다 후세 사람들이 만들어 낸 이단에 불과하거든. 그건 공자님의 가르침과도 거리가 먼 거야. 앞으로는 향로를 하나 준비했다가 그날이 되면 향을 사르면 되는 거야. 한마음으로 경건하게 정성을 바치면 하늘도 감동하는 법이거든. 어리석은 사람들이 잘 모르고 신이나 부처나 죽은 사람에게 차등을 매겨 각각의 격식으로 제사를 올리지만, 사실 성심誠心이란 두 글자만큼 중요한 게 없는 거야. 정말로 황망하게 떠도는 때라 향 한 개비 구할 수 없을 땐, 흙 한 덩이 풀 한 포기만으로 정갈하게 제사 지내면 죽은 자의 영령은 물론이고 귀신까지 흠향하게 될 거야. 내 책상을 좀 봐. 향로 하나만 놓여 있지? 난 어떤 날이든 상관 않고 향을 피우거든. 남들은 내가 왜 그러는지를 모르지. 하지만 내 마음속에는 다 이유가 있는 거야. 맑은 차 한 잔이 있으면 차 한 잔을, 정갈한 물 한 잔이 있으면 물 한 잔을 바치면 돼. 그리고 꽃 한 송이, 과일 하나든 고깃국이든 채소국이든 오로지 정성을 담아 뜻을 정갈하게만 한다면 부처님이라도 오시지 않을 까닭이 없지. 그래서 제사에는 존경의 마음만 있으면 되고 헛된 이름은 필요 없다는 말이 있는 거야. 앞으로는 군이 지전을 태우려 하지 말라고 전해 줘."

2-8.
인연을 맺는 것도 인간, 끊는 것도 인간

가련賈璉을 직접 찾아가 혼약의 증거로 준 물건을 찾는 게 낫겠다고 생각한 유상련은 결심이 서자 곧장 가련의 거처로 찾아갔다. 그때 신혼집에 있던 가련은 유상련이 왔다는 말을 듣고 기뻐하며 서둘러 그를 맞이하러 나왔다. 가련은 유상련을 방 안으로 데리고 들어와 우삼저의 모친에게 인사를 시켰다. 유상련은 읍을 하면서 우씨 모친을 노백모님이라 부르고 자신을 칭할 때는 소생이라 말했다. 당연히 자신을 사윗감으로 소개하고 우삼저의 모친을 장모님이라 부를 줄 알았던 가련은 이를 이상하게 여겼다. 차를 마시며 얘기를 나누는 가운데 드디어 유상련이 말문을 열었다.

"객지에서 우연히 만나 창졸간에 약혼을 했습니다만

저희 고모님께서 벌써 사월 중에 결혼할 사람을 정해 놓고 계셨습니다. 가련 형님의 뜻을 따르면 고모님의 호의를 저버리는 격이 되어 저로서는 고모님께 아뢸 말씀이 없어, 어쩔 수가 없었습니다. 제가 만약 돈이나 비단으로 혼약의 정표를 드렸다면 절대로 다시 찾고자 하지 않았을 겁니다. 하지만 그 원앙검은 저희 할아버님께서 남기신 가문의 유물이오니 돌려주시면 감사하겠습니다."

그 말을 들은 가련이 언짢아하며 소리를 질렀다.

"정定이란 정한다는 말일세. 그 말은 미리 분명히 정해 놓는다는 뜻인데 어찌 혼사를 놓고 이랬다저랬다 한단 말인가?

유상련은 웃으면서 사정했다.

"옳으신 말씀입니다. 질책은 달게 받겠습니다. 다만 절대로 형님의 명에 따라 혼인할 수는 없습니다."

가련이 좀더 설득하려고 했지만 유상련은 벌떡 일어서며 말했다.

"형님, 밖으로 나가서 말씀을 나누시지요. 여기서는 말씀드리기가 곤란하군요."

우삼저는 유상련의 말을 자신의 방 안에서도 분명히 들을 수 있었다. 그토록 기다리던 신랑감이 찾아왔는데 겨우 그의 입에서 나온 말이 후회한다는 것이라니. 분명 가씨 집안에서 무언가 말을 들었을 것이다. 자기를 아내로 삼을 수 없다는 것은 자신을 부끄러움도 모르는 음란한 여자라 여겼기 때문이리라. 이대로 그를 내보내 가련과 파혼 얘기를 하도록 내버려 둔다면 가련도 더는 어쩔 수가 없을 것이니 자기만 우스운 사람이 되고 말 것이다. 하여 지금 유상련이 가련에게 함께 밖으로 나가자고 하는 소리를 들은 우삼저는 벽에 걸어두었던 원앙검을 벗겨들었다. 그녀는 자웅검 중에서 자검을 빼어 몰래 팔꿈치 뒤에 숨긴 다음 앞으로 썩 나서며 소리쳤다.

"그러실 필요 없습니다. 예물은 돌려 드리겠습니다."

우삼저는 눈물을 비처럼 쏟으며 왼손으로는 원앙검과 칼집을 유상련에게 건넸다. 그러고는 오른손으로 팔꿈치를 들어 올려 날카로운 칼로 자신의 목을 주욱 긋고 말았다. 가련하도다! 우삼저의 목숨이여!

  복사꽃은 흩어져 땅 가득히 붉히고
  미인이 쓰러지니 붙잡기 어려워라

꽃풀 같고 향풀 같던 영靈이 아득히 사라져 버리고 말았다. 사람들이 달려들어 구해 보려 했지만 이미 소용이 없었다.

2-9.
인연을 끝내고 돌아간 나는
예전의 내가 아닐 터

가정은 먼저 사람을 보내 소식을 전하고자 배 안에서
홀로 편지를 쓰고 있었다.

보옥에 대한 이야기까지 쓰고 나서는 붓을 멈추고 고
개를 들었는데 뱃머리에서 웬 젊은이 하나가 자기에
게 엎드려 절하는 것이 어렴풋이 눈에 들어왔다. 눈
발은 날리는데 머리를 깎은 젊은이는 신도 신지 않
고, 몸에는 새빨간 털로 짠 조끼를 걸치고 있었다. 가
정은 그가 누구인지 묻기 위해 급히 배 위로 올라갔
다. 젊은이는 벌써 네번째 절을 마치고 일어서서 합
장을 하며 머리를 숙이던 참이었다. 가정도 답례로
읍하고 나서 머리를 들어 젊은이를 바라보니, 그는
다름 아닌 보옥이었다.

"아니, 이게 누구냐? 보옥이가 아니냐?"

그러나 젊은이는 대답이 없었다. 기쁘기도 하고 슬프기도 한 듯한 표정을 지을 뿐이었다. 가정이 다시 물었다.

"네가 만일 보옥이라면 왜 그런 행색으로 여기까지 온 것이냐?"

보옥이 미처 대답하기도 전에 뱃머리에 웬 스님과 도사가 나타났다. 그들은 양쪽에서 보옥의 팔을 끼며 말했다.

"이제 속세의 인연은 이것으로 모두 끝이다. 어서 돌아가자!"

그러면서 그 셋은 표연히 뭍으로 오르는 것이었다. 가정은 정신없이 그들을 뒤쫓았다. 땅이 미끄러운 줄도 몰랐다. 하지만 제아무리 기를 써도 그들을 따라잡을 수가 없었다. 다만 그들 중 누가 부르는지 모를 이런 노랫소리가 들려올 뿐이었다.

내 있던 곳 청경봉
내 노닐던 곳 태초의 높은 하늘이어라
누가 나와 함께 노닐 것이며
난 누구를 따를 것인가
망망하고 아득한
저 대황산으로 돌아가리라

낭송Q시리즈 남주작
낭송 홍루몽

3부
情,
애틋한 정을 어쩌지 못해

3-1.
들킨 정이 애틋해

그윽한 향내가 벽사창을 통해 은은히 새어 나오고 있었다. 안에서 가늘고 긴 탄식이 흘러 나왔다.

"날마다 사랑의 그리움에 두 눈 절로 감기네."

벽사창에 얼굴을 대고 안을 들여다보던 보옥은 불현듯 장난기가 발동했다.

"날마다 사랑의 그리움에 두 눈이 절로 감기시는 까닭이 무엇이옵니까?"

보옥은 창밖에서 웃으면서 한마디 하고는 안으로 들어갔다. 대옥은 소매를 끌어올려 얼굴을 가리고 잠이 든 척했다. 속마음을 들킨 것 같아 얼굴이 빨개졌기 때문이다. 보옥이 가서 대옥의 몸을 돌려 눕히려는데 대옥의 유모와 할멈 둘이 뒤따라 들어와 보옥을 말리는 것이었다.

"방금 잠드셨어요. 이따가 깨시면 들어오세요."
그러자 대옥이 벌떡 일어나 앉았다.
"누가 잔다고 그래?"
할멈들은 대옥이 일어나는 것을 보고는 웃으며,
"잠드신 줄 알았더니."
"자견아, 아가씨 깨셨다. 와서 시중 좀 들어드려라."
자견에게 그렇게 이르고는 나가 버렸다. 대옥은 침상에 앉아 머리카락을 매만지며 웃고 있는 보옥을 힐난했다.
"뭐하는 거야? 남 자는 데 들어와서는."
막 깨어나서 덜 풀린 눈과 향기롭고 발그레한 대옥의 뺨을 보니 보옥은 자신도 모르게 정신이 아찔해지며 마음이 출렁거렸다. 보옥은 슬며시 의자에 기대어 앉아 실실 웃으며 되물었다.
"아까 뭐라 그랬어?"
"아무 말도 안 했어."
보옥이 웃으며 엄지에 중지를 대고 비틀어 딱 소리를 내며 한마디 했다.
"이거나 먹어라, 내가 다 들었거든!"
그때 자견이 들어왔다. 보옥이 먼저 부탁을 했다.
"자견아, 너희 집 좋은 차 한 잔 우려서 주려무나."
"저희 집에 무슨 차가 있다고 그래요? 좋은 건 습인

이 와야 있겠지."

그때 대옥이 끼어들었다.

"넌 저 오빠 상대 말고 나가 물이나 길어 와라."

"그래도 손님이시니 차부터 따라 드리고 물 길어 오려고 그랬지요."

보옥이 고마워하면서 웃었다.

"아이고 착한 것. '우리 다정한 아가씨와 원앙금침 함께하면 침상에 어찌 비단금침만 펼쳐지랴.'"

그 말을 들은 대옥의 얼굴이 대번에 찌푸려졌다.

"오빠, 방금 뭐라고 그랬어?"

"내가 무슨 말을 했다고 그래?"

대옥은 금방이라도 울음을 터뜨리며 뛰쳐나갈 태세였다.

"요즘 자꾸 왜 이러는 거예요? 밖에 나가 이상한 말이나 배워 와선 나한테 하질 않나, 몹쓸 책을 보고 놀리질 않나. 날 남자들의 심심풀이로 보는 건가요?"

보옥은 놀라서 어쩔 줄 몰라 하며 얼른 대옥에게 달려들어 매달린다.

"누이야, 내가 잘못했어. 내가 죽일 놈이야. 일러바치지 마. 두 번 다시 그러면 내 입안에 구창이 돋고 혓바닥이 다 썩어 문드러져도 좋아."

3-2.
비 내리는 밤, 정도 내리네

"도련님 오셨습니다."

말이 끝나기도 전에 커다란 대나무 삿갓을 쓰고 도롱이를 걸친 모습의 보옥이 나타났다. 대옥은 저도 모르게 웃고 말았다.

"에구머니나! 웬 고기 잡는 영감님이 한 분 나타나셨네요!"

대옥의 말에는 대답도 않고 보옥은 질문을 쏟아내기 시작했다.

"오늘은 좀 어때? 약은? 먹었어, 안 먹었어? 밥은 많이 먹었어?"

삿갓과 도롱이를 벗고 얼른 한 손으로는 등불을 들고 다른 한 손으로는 불빛을 가리면서 대옥의 얼굴을 살펴본 보옥은 그제야 웃으면서 말했다.

"오늘은 얼굴이 많이 좋아졌네."

대옥은 도롱이를 벗은 보옥을 바라보았다. 도롱이 속에는 좀 낡기는 했지만 짧은 붉은색 비단저고리를 입었고 초록색 땀수건을 허리에 두르고 있었다. 무릎 아래로 꽃을 수놓은 초록색 명주바지에 발에는 금색 단을 둘러 수놓은 면사 양말을 신었으며, 나비와 낙화가 수놓아진 신발을 신고 있었다.

"아니, 머리만 비 맞을까 걱정하고 양말이며 신발은 비 맞을 걱정을 안 했어요? 너무 깔끔한 것으로 신었잖아요."

대옥의 말에 보옥이 웃으면서 대답했다.

"내가 지금 입은 게 전부 한 벌이야. 팥배나무 나막신도 신고 왔는데 방금 처마 밑에 벗어 두고 들어왔지."

도롱이와 삿갓이 보통 저자에선 살 수 있는 게 아니요, 아주 정교하게 만들어진 것임은 대옥도 한눈에 알아보았다.

"그건 무슨 풀로 엮은 거죠? 그걸 썼어도 고슴도치처럼 보이진 않네요."

"이 세 가지는 모두 북정왕 전하께서 하사하신 거야. 전하도 한가할 때 비가 오면 저택에서 이렇게 하고 계신대. 마음에 들면 대옥 누이에게도 한 벌 구해다 줄게. 다른 건 다 둘째 치고 이 삿갓은 정말 재미있어.

접었다 폈다 할 수도 있고 겨울에 눈이 내리면 모자로도 쓸 수 있어. 이 대나무판을 꺼내 정수리를 치우고 나면 이렇게 테두리만 남게 되지. 눈이 오면 남자고 여자고 모두 쓸 수가 있어. 하나 보내줄 테니까 눈 올 때 한번 써 봐."

"난 됐어요. 그걸 쓰면 그림이나 연극에 나오는 고기 잡는 할멈이 될 것 같아요."

막상 말을 하고 나니 조금 전 보옥에게 고기 잡는 영감이라고 한 말을 후회하게 되었다. 대옥은 얼굴이 빨개져서 얼른 탁자 위에 엎드려 연신 기침을 해댔다. 하지만 이를 눈치 못 챈 보옥은 책상 위에 놓인 시를 집어다 한 번 훑어볼 뿐이었다. 그러곤 정말 잘 지었다며 계속 감탄을 했다. 대옥이 얼른 빼앗아 등불에 태워 버리려 했지만, 보옥이 웃으며 말했다.

"벌써 다 외웠는걸. 태워 버려도 상관없어."

"전 이제 괜찮아요. 오빠가 하루에도 몇 번이나 와 주고, 또 오늘은 비까지 오는데 이렇게 와 줘서 정말 고마워요. 하지만 이젠 밤도 늦었으니 나도 쉬어야겠어요. 오늘은 그만 가시고 내일 또 오세요."

대옥의 말에 보옥은 품속에서 호두알만 한 금색 회중시계를 꺼내 보았다. 시침은 벌써 술시와 해시 사이에 있었다. 밤 아홉 시 무렵이 된 것이었다. 보옥은 잠시 생각을 하더니 말했다.

"그래, 잘 때가 되었네. 누이를 너무 피곤하게 했나 보다."

다시 도롱이를 걸친 후, 삿갓을 쓰고 밖으로 나오려 다 물었다.

"뭐 먹고 싶은 거 없어? 말만 해. 내일 할머니께 말씀 드릴 테니까. 일하는 할멈들한테 얘기하는 것보다 훨 씬 나을 거야."

"생각해 보고요. 저 빗소리 좀 들어 봐요. 점점 거세 지고 있으니까 얼른 돌아가요. 누구, 따라온 사람은 있어요?"

곁에 있던 두 할멈이 얼른 대답하였다.

"예. 밖에서 우산을 들고 등불에 불을 붙이고 있어요."

"이런 날씨에 등불을?"

보옥이 대답했다.

"괜찮아. 물에 안 젖는 명와등이거든. 비가 와도 걱정 없어."

대옥은 서가 위의 둥근 유리등을 꺼내 작은 초에 불 을 붙여 보옥에게 건넸다.

"이게 나을 거예요. 이게 바로 비오는 날 쓰는 등이거 든요."

"나도 있어. 하지만 저 애들이 미끄러져 깨뜨릴까 봐

쓰지 않았던 거야."

"등보다 사람이 다치는 게 문제죠. 오빠는 나막신 신는 것도 서툴잖아요. 저 등은 사람들 보고 앞에서 비추라 하고 이건 가볍고 밝으니까 오빠가 들고 가세요. 비 올 때 자기가 직접 드는 등이니까요. 등은 내일 보내 주시고요. 실수해서 깨는 일이 자주 있는 건 아니잖아요. 오늘은 어쩐 일로 그렇게 '자기 배를 갈라서 보물을 감추는 사람'처럼 구두쇠가 되었대요?"

그 말에 보옥이 얼른 등롱을 받았다. 앞장선 두 할멈은 우산을 받치고 명와등을 들었고, 뒤에서 어린 시녀 두 명이 우산을 받치고 따랐다. 보옥은 유리등을 시녀에게 들라고 하고 자신은 시녀의 어깨를 잡고 걸어 집으로 돌아왔다.

3-3.
말하지 않으면 알 길이 없지

.

대옥이 걸어가는 모습이 보이자 보옥은 급히 뒤를 따랐다.

"거기 좀 서 봐! 잠깐만! 내 말 딱 한 마디만 듣고 나서 그 다음에 서로 갈라설지 말지 보자고."

대옥은 뼈가 있는 말에 멈춰 서지 않을 수 없었다.

"딱 한 마디라고 했죠? 어디 말해 봐요."

"두 마디만 할게. 들을래, 안 들을래?"

보옥이 웃으며 말했지만 대옥은 그대로 돌아서서 앞만 보고 걸었다. 보옥이 뒤에서 탄식을 했다.

"이럴 바엔 애당초에 왜 만난 거야?"

그 말에 대옥이 걸음을 멈추고는 홱 돌아서서 팩 쏘아붙였다.

"애당초에 뭐가 어쨌기에? 지금은 또 뭐가 어떻고?"

"처음에 누이가 왔을 때 내가 곁에서 함께 웃으며 놀았잖아. 내가 좋아하는 것이면 누이도 다 좋아했지. 내가 맛있게 먹는 걸 누이도 맛있게 먹기에 그런 게 생기면 난 잘 챙겨 놓았다가 누이가 먹도록 했어. 우린 한 상에서 밥을 먹고 한군데서 잠들지 않았어? 시녀들이 누이를 화나게 할 것 같으면 내가 미리 대비를 하곤 했고. 나는 언제나 그런 생각을 했어. 누이들과 어려서부터 함께 자라면 언제나 화기애애하여 남보다 늘 좋을 거라고 말이야. 그런데 이제 와 누이가 나이가 들어 마음이 커지니 나 같은 건 안중에도 없을 줄 어찌 생각이나 했겠어. 오히려 멀고 먼 보차 누나나 희봉 누나랑만 마음이 맞아 나는 사흘이고 나흘이고 상대도 안 해주고 내팽개쳤으니 말이야. 난 친동기간도 없는데……. 두 사람이 있긴 하지만 누이도 알다시피 엄마가 다른 이복형제, 이복남매잖아. 나도 누이랑 다를 게 없어. 그저 혼자야. 누이라면 내 마음과 같을 거라 믿었는데, 다 쓸데없는 일이었어. 헛수고만 한 셈이야. 어디다 하소연할 데도 없게 되었단 말이야."

보옥은 제 말에 마음이 격해져 어느새 눈물을 뚝뚝 떨구었다. 귀로는 보옥의 말을 듣고 눈으로 보옥의 모습을 보자, 대옥의 마음의 독했던 것도 어느새 눈

녹듯 사라져 대옥은 말없이 고개만 숙이고 있었다.
보옥이 그런 대옥을 보고 한 마디를 더했다.

"그래, 나도 알아. 내가 요즘 잘못했다는 거. 하지만 아무리 잘못을 했어도 누이 앞에서 그랬던 건 아니야. 설령 한두 가지 잘못한 게 있었다 해도 누이가 그걸 얘기해서 잘 인도하거나 경계한 다음 욕이라도 해주거나 차라리 때리기라도 했다면 이렇게 맥이 빠지지는 않을 거야. 그런데 도대체 어쩌자고 아예 상대조차 안 해주냐고. 어떻게 하면 좋을지 도무지 모르겠고, 혼백이 다 나간다 해도 어찌해야 할지 알 수가 없으니 날더러 어쩌란 말이야. 그러다 내가 죽으면 난 억울한 귀신이 되겠지. 그때는 스님이나 도사가 아무리 나를 대신하여 불쌍한 인생을 인도하려고 해도 구할 도리가 없을 거야. 오로지 누이가 그 까닭을 밝혀 주어야 비로소 내가 새 삶을 받아 환생할 수 있을 거라고. 알겠어?"

그 말을 듣자 대옥의 서운했던 마음이 어느새 구만 리 밖으로 달아났다.

3-4.
마음은 늘 허공을 떠돌고

보옥은 어려서부터 병적으로 남에게 마음을 푹 쏟아
붓는 성품이었다. 대옥과는 어린 시절 귓불을 비비고
얼굴을 만지며 격의 없이 자란 사이였으므로 자연히
서로 마음을 주고받는 사이가 되었다. 이제 보옥은
약간이나마 세상사에 눈을 뜨고, 보아서는 안 되는
비밀스런 책이나 전기 등도 읽은 바 있으므로 멀고
가까운 친지나 집안의 여러 규수들을 다 비교해 보아
도 임대옥에 미치는 사람이 없음을 알고는 일찌감치
마음을 정했다. 단지 말로 드러내지 않고 있을 따름
이었다. 그래서 매번 기쁠 때나 화날 때나 온갖 방도
를 써서 은연중에 대옥의 마음을 떠보려고 하였다.
하필이면 대옥도 그 성품이 보옥과 다를 바가 없었
다. 그 역시 매번 본마음을 감추고 얼굴빛을 드러내

지 않으며, 보옥의 마음을 은근히 떠보려고만 하였다. 저쪽이 진짜 생각과 마음을 숨기고 거짓으로만 드러내려고 하니 이쪽에서도 자연히 진짜 속마음을 숨기고 거짓 생각으로만 대하게 되었다. 서로가 거짓으로 드러내는 와중에 상대의 참된 마음을 읽을 수도 있겠지만, 그 사이에 크고 작은 말다툼만 수없이 생겨나고 있었다. 그때마다 보옥은 속으로 이렇게 생각했다.

'다른 사람들이 내 마음을 몰라주는 것은 그렇다 치자. 하나, 대옥이 너를 진정으로 생각하는 내 마음을 어찌 너마저도 이리 몰라 줄 수가 있는 것이냐. 어떻게 네가 나 때문에 괴로워하기는커녕 나를 궁지로 몰고 놀리기만 한단 말이냐. 그간 한시도 너를 잊은 적이 없었던 내가 헛일을 한 것뿐이었구나. 그게 다 대옥이 네가 마음속으로 전혀 나를 생각지 않고 있었단 말이 아니더냐.'

그러나 이러한 생각을 입 밖으로 꺼내지는 않았다.

한편 대옥은,

'그래, 오빠의 마음속에는 내가 없는 게 분명해. 비록 금과 옥이 짝이 된다는 말이 있다고 해도 그런 황당한 말만 믿고 어떻게 나를 깔볼 수가 있지? 내가 설사 금옥이니 뭐니 얘기를 꺼내더라도 그저 들은 척 만척 하면 그게 나를 생각하는 마음일 텐데 그럴 생각이 없는 거야. 대체 금과 옥의 일만 얘기하면 왜 그렇게 펄쩍 뛰는 거지? 그게 다 마음속에서 언제나 금과 옥을 생각하고 있다는 것이 아니고 뭐겠어. 그 말만 꺼내면 내가 너무 예민하네 어쩌네 나무라면서 자기는 더 흥분을 하고 말이야.'

결국 두 사람의 속마음은 똑같은 것이었다. 단지 쓸데없이 한 가닥 더 빗나가기 때문에 두 개의 다른 마음처럼 되어 버린 것이다.

그 순간 보옥은 또 이렇게도 생각했다.

'난 어떻게 되어도 상관없어. 그저 네 마음에 들기만 하면 지금 이 자리에서 내가 너 때문에 죽는다 해도 좋아. 그걸 알아주든 몰라주든 그만이야. 그게 내 마음이니까. 그렇게만 되면 네가 나와 멀지 않고 가깝다는 것을 알게 될 거야.'

이 순간 대옥은 또 이렇게 생각했다.

'오빠는 그저 오빠 일이나 신경 쓰면 되는데. 오빠가 좋아지면 나도 자연 좋아질 테니까. 그런데 왜 나 때문에 스스로를 돌보지 않는 거야. 오빠가 스스로 돌보지 않으면 나도 나를 돌보지 못한다는 걸 왜 모르는 걸까. 그것만 보아도 오빠는 나를 가깝게 오지 못하게 하고 일부러 멀리하는 게 틀림없어.'

이렇게 두 사람은 똑같이 내심 서로 가까이 하려는 마음이 있음에도 오히려 서로 소원한 상태를 만들고 말았다.

3-5.
고백, 참을 수 없는 정을 토해내는 것

보옥은 한숨을 내쉬었다.

"그 말이 무슨 뜻인지 정말 모른단 말이야? 내가 평소 누이한테 마음 쓴 것이 모두 허사였단 말이지? 누이의 마음을 내가 잘못 알고 있어서 그렇게 매일 화만 냈단 말이지, 응?"

"난 정말 모르겠어요. 보옥 오라버니가 무슨 말을 하는 건지."

보옥이 다시 한번 길게 한숨을 쉬었다.

"대옥아! 날 속이려고 하지 마. 정말 내 말뜻을 모르겠다면 내가 평소 누이한테 마음 쓴 것이 다 헛된 일이고, 누이가 나한테 마음 쓴 것도 다 부질없는 일이 되는 거야. 누이는 그 마음을 놓지 못해 병까지 생겼잖아. 마음을 좀더 너그럽게 먹었다면 병도 훨씬 나아졌을 거야."

그 말에 대옥은 마치 마른 하늘에 벼락이라도 맞은 것처럼 온몸이 굳어지는 것 같았다. 가만히 생각해 보니 그의 말은 자신의 폐부 깊숙한 곳에서 꺼낸 것처럼 마음에 다가왔다. 보옥의 마음속에도 수만 마디, 하고픈 말이 가득했지만 무슨 말부터 어떻게 꺼내야 할지 몰라 그저 넋이 나간 채 멍하니 대옥을 쳐다볼 뿐이었다.

두 사람은 그렇게 한동안 말없이 마주보며 넋을 잃고 서 있었는데, 마침내 대옥이 기침을 하고 두 눈에서 눈물을 주르륵 흘리며 돌아섰다. 보옥이 급히 앞으로 다가가 대옥을 잡았다.

"대옥아! 잠깐만. 딱 한마디만 듣고 가."

대옥은 눈물을 훔치며 보옥을 뿌리쳤다.

"무슨 할 말이요? 이제 다 알아요."

그러곤 뒤도 돌아보지 않고 곧장 가 버렸다.

보옥은 여전히 넋이 나간 사람처럼 멍하니 서 있었다. 집을 나설 때 너무 서두르는 바람에 부채를 놓고 나왔는데 습인이 그걸 알고 부채를 가지고 와 건네주려고 하였다. 보옥이 대옥과 함께 있다가 마침 대옥은 먼저 가고 보옥만 혼자 남아 꼼짝 않고 서 있기에 다가와서 말을 붙였다.

"왜 부채를 안 가지고 갔어요? 마침 내가 따라왔으니 망정이지. 자, 가져가세요."

넋 나간 사람처럼 서 있던 보옥은 습인이 말을 붙이자 누군지 살피지도 않고 습인을 와락 끌어안아 버렸다. 그리고 자신의 속마음을 털어놓았다.

"사랑하는 우리 누이야! 이젠 정말 죽어도 여한이 없을 것 같아. 내 가슴속 깊은 곳의 마음을 오늘에야 비로소 고백하게 되었으니 말이야. 나도 누이 때문에 온몸에 병이 들었는데 누구한테도 말할 수 없어서 그저 숨길 뿐이었어. 누이의 병이 나으면 자연히 내 병도 나아질 거야. 잠을 자도 꿈을 꿔도 난 누이를 잊을 수가 없어!"

습인은 갑자기 보옥에게 안겨 이런 말을 듣고 나니 그야말로 혼비백산할 노릇이었다.

"나무아미타불! 아이고 이를 어째!"

습인은 소리를 지르면서 보옥을 밀쳐냈다.

"그게 무슨 말씀이세요! 뭐에 홀리신 거 아니에요? 어서 빨리 안 받고 뭐하세요?"

보옥은 그제야 정신이 들면서 습인이 부채를 갖고 뒤쫓아 온 것을 알았다. 부끄러움에 금세 얼굴을 붉히며 얼른 부채를 빼앗아 멀찌감치 달아나고 말았다.

3-6.
살아도 죽어도 언제나 함께라네

가모는 자견을 보자 눈에 불을 켜고 욕부터 해댔다.

"이 망할 년. 대체 보옥이에게 무슨 말을 지껄였기에 이 애를 이 꼴로 만들어 놓은 것이냐?"

"별다른 말은 하지 않았습니다. 그냥 농담 몇 마디만 했는데…….."

그때 보옥이 달려온 자견을 보고는 갑자기 '와앙!' 하고 울음을 터뜨렸으므로 사람들이 비로소 마음을 놓았다. 가모가 자견을 끌어다 보옥의 앞으로 데려갔다. 때려서라도 화풀이를 하라는 뜻이었다. 하지만 때리기는커녕 보옥은 자견을 죽어라 끌어안고는 놓아주지 않았다.

"가려면 나도 데려가란 말이야!"

모인 사람들이 영문을 몰라 연유를 물으니 그제야 자

견이 '소주로 돌아간다'고 한 농담 때문에 생긴 일이라고 말해 주었다. 보옥은 그녀의 손을 붙들고 흔들며 물었다.

"왜 나를 놀라게 하는 거야?"

"그냥 장난으로 한 말인데 도련님이 그걸 진짜로 받아들인 거예요. 이제 도련님은 나이도 들었고 정혼까지 한 마당에 이삼 년이면 곧 혼례를 올릴 텐데 도련님 눈에 누가 보이기나 하겠어요?"

보옥이 깜짝 놀라 물었다

"정혼? 내가 누구하고 정혼을 했다는 거야?"

"정초에 노마님께서 말씀하시길, 설보금 아가씨로 정하려 한다던데요. 안 그러면 노마님께서 아가씨를 왜 그렇게 귀여워하시겠어요?"

보옥이 그제야 웃으며,

"내가 아니라 너야말로 바보로구나. 그거야말로 농담이었어. 보금이는 벌써 매한림 댁에 혼사를 정해 놓았다구. 정말 정혼했다면 내가 지금 이러고 있겠어? 지난번 내가 맹세하면서 이놈의 못난 구슬을 깨부수려고 했을 때 너는 미쳤냐면서 나를 말리지 않았어? 그런데 겨우 며칠 지나서 또 내 속을 뒤집어 놓을 건 뭐야."

보옥은 이를 악물고 말을 이었다.

"난 정말 당장이라도 심장을 도려내 너희한테 보여 주고 싶어. 그런 다음에 온몸이 몽땅 재가 되어, 아니, 재도 흔적이 남으니까 아예 연기로 변하는 게 좋겠어. 아니야, 연기도 뭉치는 데다가 남들이 볼 수 있는 것이니까 안 되겠어. 그냥 큰 바람이 획 불어와 사방 팔방으로 순식간에 흩어지면 좋겠어. 그래야 속이 시원하겠어!"

보옥은 이렇게 말하면서 눈물을 주르륵 흘렸다.

이에 자견이 급히 다가가 눈물을 닦아 주면서 보옥을 달랬다.

"도련님이 그렇게 조급해하실 까닭이 어디 있어요? 실은 제 마음이 늘 조급해서 도련님을 떠본 거예요."

보옥은 더욱 이상하다고 생각했다.

"네가 왜 조급해진다는 거야?"

자견이 웃으면서 말했다

"잘 아시잖아요. 저는 임씨댁 사람이 아니고 습인이나 원앙처럼 이 댁에 있던 사람이란 말이에요. 하필 저를 대옥 아가씨에게 주어 시중들게 하였고 또 아가씨도 소주에서 직접 데려온 아이보다 저를 열 배는 더 아껴 주시잖아요. 이제 어느 한순간도 아가씨와 저는 떨어져 있을 수가 없어요. 만약 대옥 아가씨가 가 버린다면 저도 따라가야 되나 하고 걱정이 앞서는 걸요. 하지만 저희 집은 이곳이에요. 제가 아가씨를 따르지 않으면 평소 맺은 정을 저버리는 것이 될 거고, 따르자니 식구들이 있는 본가를 버리고 경성을 떠나야 하잖아요. 그래서 걱정이 되어 일부러 말을 꾸며 도련님 마음을 시험해 본 거예요. 그런데 그런 말을 듣고 그렇게 바보처럼 난리를 치시다니요."

보옥도 웃으면서 말을 이었다.

"그런 걸 걱정하다니! 그러니 널 바보라고 하지! 다시는 그런 걱정마. 내가 한마디로 딱 잘라 말해 줄게. 살면 다같이 한 군데 모여 살고, 죽으면 다함께 재가 되고 연기가 되자! 어때, 그러면 됐어?"

3-7.
죽은 뒤에도 정을 잇고 싶어라

보옥은 눈물을 흘리며 청문晴雯에게 말했다.

"할 말이 있으면 아무도 없을 때 어서 말해 봐."

청문은 흐느끼며 입을 열었다.

"무슨 할 말이 있겠어요? 그냥저냥 목숨만 부지하고 있을 뿐이에요. 이제 길어야 사나흘밖에 안 남은 것 같아요. 곧 저세상으로 가겠지요. 다만, 죽어도 눈을 감지 못할 게 한 가지 있어요. 제 얼굴이 남보다 좀 반반했을지는 몰라도 맹세코 도련님과 사사로운 정을 나누거나 도련님을 유혹한 적이 없는데, 어떻게 제가 그런 불여우가 되고 말았을까요? 전 그것만큼은 인정 못하겠어요. 이렇게 오명만 남긴 데다, 죽음을 앞두고 후회스러워서 하는 말이 아니라, 진작 이렇게 될 줄 알았더라면 차라리 그때 다른 마음을 먹었을 거예요. 전 바보같이 다들 한군데에서 의좋게 살아갈 줄로만 알았어요. 그런데 이런 모함을 받아 어디 하소연도 하지 못하고 죽는 날만 기다리게 될 줄은 꿈에도 생각 못 했어요."

청문은 말을 마치고는 다시 통곡했다. 보옥은 그녀의 손을 잡았다. 청문의 손은 마치 마른 장작처럼 여위어 있었는데, 팔뚝에는 네 개의 은팔찌가 여전히 끼워져 있었다. 보옥이 울면서 말했다.

"팔찌는 우선 빼고 있다가 병이 나으면 다시 차도록 하렴."

보옥은 팔찌를 빼서 베개 밑에 넣어 주며 말했다.

"이 손톱 두 개는 힘들어서 두 치나 길렀는데 참 아깝네. 병이 다 나으면 잘려 나갈 테니 말이야."

청문은 눈물을 닦으면서 손을 뻗어 가위를 집더니 파줄기 같은 왼손 손톱 두 개를 바짝 잘랐다. 그러더니 다시 손을 뻗어 입고 있던 낡은 붉은색 속옷을 벗어서 손톱과 함께 보옥에게 건네주었다.

"이걸 잘 간직하고 계시다가 앞으로 날 본 듯 해주시면 좋겠어요. 그리고 도련님께서 입고 계신 속옷은 벗어서 제게 입혀 주세요. 관 속에 들어가 혼자 누워 있을 때에도 저는 이홍원에서 있었던 것처럼 하고 싶어요. 물론 이래서는 안 되겠지요. 하지만 어차피 오명만 남기게 되었으니 저로서도 가릴 게 없어요."

보옥은 그 말을 듣자 얼른 옷을 벗어 갈아입은 뒤 손톱을 받아 넣었다.

3-8.
안타까워 마라,
언젠가는 모두 흩어지리라

보옥은 보차가 거처하고 있는 형무원衡蕪苑으로 가 보
았다. 그러나 그곳은 아무도, 아무것도 없이 텅 비어
있었다. 깜짝 놀라 의아해하고 있는데 할멈 하나가
걸어오기에 어찌 된 일인지를 물었다.
"보차 아가씨는 본가로 가셨답니다. 그래서 저희가
이곳을 지키고 있습지요. 짐을 다 옮긴 게 아니어서
저희가 도와서 보내드렸는데 이제야 다 끝이 났네요.
도련님은 나가 보세요. 여기를 청소해야 하거든요.
이제 이곳까지 오실 필요가 없겠네요."
보옥은 넋이 나간 듯 한동안 아무 말도 못하고 있었
다. 형무원에는 향기로운 등나무와 기이한 칡넝쿨이
여전히 푸른 싱싱함을 자랑하고 있었지만 오늘은 유
독 처량해 보이고 슬픈 느낌마저 들었다.

보옥은 말없이 형무원을 빠져 나왔다. 문밖의 푸른 풀밭 제방에는 오가는 사람조차 없었다. 전에는 각처의 시녀들이 끊임없이 오가던 길이었는데 오늘은 이렇게 썰렁해진 것이다. 보옥이 허리를 숙여 제방 아래를 내려다보니 맑은 물은 여전히 쉬지 않고 흐르고 있었다.

'세상에 이렇게 무정한 일이 있을 수 있단 말인가!'

보옥은 슬픔이 북받쳐 올랐다. 갑자기 쫓겨나간 사기와 입화, 방관 등 다섯 사람이 생각났다. 죽은 청문이도 생각나고 지금은 떠나간 보차도 생각났다. 영춘은 아직 떠나지 않았으나 연일 돌아오지 않고 있었다. 연신 중매쟁이가 드나들고 있기 때문이었다. 그러고 보니 대관원의 사람들이 머지않아 다들 흩어질 것만 같았다. 안타까워하고 화를 낸들 아무 도움이 안 될 것이다. 그러느니 대옥에게 찾아가 하루 지내는 것이 낫겠다는 생각이 들었다. 그러다 돌아와선 습인과 어울려서 지내면 될 것이다. 보옥은 겨우 이 두세 사람만이 자신과 함께 죽고 함께 돌아갈 것이라고 생각했다.

3-9.
정이 지나치면 자신을 잃는가

"이름이 뭐니?"

"지는 바보 대저예요."

대옥은 스스로를 바보라고 하는 것이 우스워 다시 물었다.

"언니가 왜 널 때렸을까? 네가 무슨 말을 또 잘못한 게 아닐까?"

"우리 보옥 도련님이 보차 아가씨를 색시로 삼는다는 말 때문이에요. 혼례를 마치고 나면 대옥 아가씨도 짝지어 드린대요."

그 말을 들은 대옥의 가슴속은 기름, 간장, 설탕, 식초를 한데 쏟아 놓은 것같이 달고, 쓰고, 시고, 짜서 도무지 무슨 맛인지 형용할 수조차 없었다. 대옥은 잠깐 숨을 몰아쉬고는 떨리는 목소리로 말했다.

"쓸데없는 소릴 해선 안 돼. 다시 그런 소리를 하면 다른 사람에게 또 맞게 될지도 모르잖아. 그러니 명심하고 이제 가 봐."

말을 마친 대옥은 소상관으로 돌아가고자 했다. 그런데 어찌 된 셈인지 몸은 천근같이 무겁고 두 다리는 솜을 밟고 있는 것처럼 휘청거리는 것이었다. 한 걸음 한 걸음 힘겹게 발을 떼서, 한참을 걸었건만 아직 심방교 다리목에도 이르길 못했다. 다리가 휘청거리고 정신은 몽롱하여 발 가는 대로 빙빙 돌다 보니 두어 번이나 헛걸음을 했던 것이다. 그렇게 겨우 심방교 부근에 이르렀는데 이번엔 또 자기도 모르게 왔던 길을 되돌아 가는 것이었다.

그 사이 손수건을 가지러 갔던 자견이 돌아왔는데 대옥이 보이지가 않았다. 이리저리 두리번거리며 찾아보니 저쪽에서 얼굴이 백지장처럼 하얗게 된 대옥이 한곳을 응시한 채 휘청거리며 같은 자리를 맴돌고 있는 것이 아닌가! 그리고 시녀 하나가 저쪽으로 가는 것이 보였는데 너무 멀어서 누구인지는 알아볼 수 없었다. 도무지 어찌 된 영문인지 알 수 없어서 자견은 급히 대옥에게 다가와 조심스레 물었다.

"아가씨, 왜 되돌아오시는 거예요? 어디 가려고 그러세요?"

대옥은 자견의 목소리를 어렴풋이 들었는지 건성으로 대답했다.

"보옥 오빠한테 물어보려고."

자견은 무슨 소리인지 종잡을 수 없었지만 대옥을 부축하여 가모의 처소로 데려갔다. 가모의 방문 앞에 이르자 정신이 조금 들었는지 자기를 부축하고 있는 자견을 보고 물었다.

"넌 왜 왔니?"

"손수건 가지고 왔어요. 방금 아가씨께서 다리 저쪽에 계시기에 급히 달려와 어디 가시냐고 물었건만 아는 체도 하지 않으셨어요."

그러자 대옥이 웃으면서 말했다.

"난 또 네가 보옥 도련님을 만나러 온 줄로만 알았지! 그렇지 않으면 왜 여기 왔겠니?"

자견이 보기에 대옥이 제정신이 아닌 것만 같았다. 저쪽으로 사라진 시녀 아이에게 틀림없이 무슨 말을 들은 것이다 싶어 그저 머리를 끄덕이며 쓴웃음만 지었다. 속으로는 이만저만 걱정되는 것이 아니었다. '하나는 이미 멍청이가 되었고 이제 다른 하나마저 정신이 나갔으니, 이런 두 사람이 서로 만났다가 불쑥 체통 없는 말이라도 하면 어쩐단 말인가?' 자견은 속으로 이런 생각이 들었지만 거역할 수도 없는 노릇

인지라 하는 수 없이 대옥을 부축하여 안으로 들어
갔다. 그런데 대옥은 방금 전처럼 휘청거리지도 않고
자견이 문발을 들어 주기도 전에 자기가 문발을 쳐들
고 안으로 들어서는 것이었다. 기척 하나 없이 조용
한 방에서 습인만이 발걸음 소리를 듣고 나와 보았
다. 습인은 대옥이 온 것을 보고는 얼른 안으로 들어
오라 청했다.

"아가씨, 어서 안으로 드세요."

그러자 대옥이 웃으면서 물었다.

"도련님은 계셔?"

습인은 영문을 모른 채 대답하려 하다가 자견이 대옥
의 등 뒤에서 대옥을 가리키며 대답하지 말라고 손짓
하는 것을 보았다. 그래서 일단 잠자코 있었다. 그런
데 대옥은 남이야 뭐라든 아랑곳하지 않고 성큼 방으
로 들어가는 것이었다. 보옥은 대옥이 들어오는 것을
보고도 앉으라는 말 한마디 없이 그저 바라보며 바보
처럼 벙긋벙긋 웃기만 할 뿐이었다. 대옥이도 자리를
잡고 앉아 보옥을 쳐다보며 웃었다. 두 사람은 서로
인사도 하지 않고 말도 하지 않고 자리를 권하지도
않은 채 그저 마주보고 바보같이 서로 웃기만 할 뿐
이었다. 이 광경을 보고 습인은 속으로 무척 당황했
지만 어쩔 도리가 없었다. 그때 갑자기 대옥이 입을

열었다.

"보옥 오라버니, 오라버니는 왜 병이 나셨나요?"

그러자 보옥이 히죽히죽 웃으며 말했다.

"난 대옥 누이 때문에 병이 났어."

습인과 자견 두 사람은 소스라치게 놀라 얼굴이 샛노래지면서 얼른 화제를 다른 데로 돌리려고 했지만, 보옥과 대옥은 다시 아무 말 없이 바보같이 웃기만 할 뿐이었다.

3-10.
마음은 그대로인데 신부는 바뀌었네

이제 신부의 얼굴에 씌운 붉은 수건을 벗기는 차례가
되었다. 희봉은 만일을 대비해 가모와 왕부인을 방으
로 모셨다. 이때 보옥이 바보처럼 굴면서 신부 앞으
로 다가가 말을 걸었다.

"대옥 누이, 몸은 다 나았어? 얼굴 본 지가 언제인데,
이따위 것은 왜 덮어쓰고 있는 거야?"

그러면서 붉은 수건을 벗기려 했다. 가모는 조마조마
해서 온몸에 식은땀이 날 지경이었다. 다행히 보옥이
마음을 돌려먹었다. '대옥 누인 화를 잘 내는 성미니
까 경솔하게 굴면 안 되지.' 하지만 그도 잠시, 더 이
상은 참고 있을 수 없어 마침내 신부 얼굴을 가리고
있던 붉은 수건을 벗기고야 말았다. 곁에서 신부의
시중을 들던 이가 그것을 받아들자 대옥의 시녀 설안

이 자리를 비키고 보차의 시녀 앵아가 대신 시중을 들기 시작했다.

보옥은 눈을 크게 뜨고 신부를 들여다보았다. 신부는 아무리 봐도 어쩐지 보차인 것만 같았다. 도무지 믿기지 않아서 한 손으로는 등을 치켜들고 한 손으로는 눈을 비벼 가며 다시 자세히 들여다보았다. 그렇지만 아무리 봐도 보차가 아닌가! 곱게 화장한 얼굴에 선녀 같은 차림새, 동그스름한 어깨에 나긋나긋한 몸매, 단정한 쪽머리에 드리운 귀밑머리, 사르르 떨리는 눈매에 들릴 듯 말 듯한 고운 숨결의 그 단아하고 요염한 모습은 흰 연꽃에 이슬이 내린 듯싶고 살구꽃에 안개가 서린 듯싶기도 했다.

보옥이 한동안 멍해 있다가 설핏 고개를 돌리니 설안은 보이지 않고 앵아가 보차 곁에 서 있는 것이 아닌가. 도무지 어찌 된 영문인지! 꿈을 꾸는 것 같아 그저 서 있기만 할 뿐이었다. 사람들이 보옥의 손에서 등불을 받아들고 부축하여 의자에 앉혔지만 그는 그저 한곳만을 응시하며 아무 말도 하지 않았다. 가모는 보옥의 병이 다시 도질까 두려워 몸소 다가와 그를 부축하여 침상에 앉혔다. 희봉과 우씨는 보차를 안방으로 데려다 앉혔다. 보차 역시 고개를 푹 숙인 채 아무 말도 하지 않았다.

한참 만에야 보옥은 정신을 차리고 가모와 왕부인이 들어와 앉아 있는 것을 보고는 나지막한 목소리로 습인에게 물었다.

"여기가 어디야? 나 혹시 꿈을 꾸고 있는 거 아냐?"

"오늘은 도련님 경삿날이니 꿈이니 뭐니 그런 쓸데 없는 소릴랑 하지도 마세요. 밖에는 대감님께서도 와 계세요."

그러자 보옥은 살며시 안방 쪽을 가리키며 물었다.

"저기 앉아 있는 고운 색시는 누구야?"

습인은 웃음을 참느라고 입을 막고 있다가 한참 만에 겨우 입을 열었다.

"그분이 오늘 도련님께 시집오신 새아씨세요."

모두들 고개를 뒤로 돌리고서 웃음을 터뜨렸다.

"에이 참, 말귀를 못 알아듣네. 그러니까 그 새아씨란 사람이 대체 누구냐고?"

"보차 아가씨지 누구겠어요?"

"그럼 대옥이는?"

"대감님께서 정해주신 분은 보차 아가씬데 왜 실없이 대옥 아가씨 말씀을 꺼내시는 거예요?"

"그렇지만 방금 난 대옥 누이를 봤어. 설안이도 곁에 있었는걸. 그런데 왜 아니라고 그래? 너희들 모두 무슨 장난을 치는 거야?"

그러자 희봉이 다가와서 낮은 목소리로 귀띔했다.

"보차 아가씨가 안방에 있으니 그런 소리는 못 써요. 보차 아가씨 기분을 상하게 했다가는 나중에 할머님께서 가만두지 않으실 거예요."

그 소리를 들은 보옥은 정신이 더욱 혼미해졌다. 워낙 정신이 온전하지 못했던 데다가 오늘 밤 이런 신출귀몰한 장난에 휘말리고 보니 제정신일 리가 만무했다. 마침내 보옥은 한사코 대옥을 찾아가겠다고 우겨 댔다.

4부
物,
넘쳐흐르는 정,
세상만물을 적시네

4-1.
꽃잎을 묻고 이내 정도 묻고

책에서 막 '붉은 꽃잎 떨어져 수북이 쌓여 가네'라
는 구절을 보던 중이었다. 마침 바람이 휙 불어서 나
뭇가지를 흔들더니 복사꽃의 절반이 떨어져 날렸다.
보옥의 몸이며 책과 바닥 위로 어디라 할 것 없이 꽃
잎이 가득 쌓였다. 꽃잎을 털어내 버리면 그 꽃잎을
밟게 될까 걱정되어 보옥은 가만가만 손으로 꽃잎을
받아 연못가로 가 연못에 꽃잎을 뿌렸다. 꽃잎은 물
위에 둥둥 떠서는 하나둘씩 심방갑沁芳閘으로 흘러갔
다. 다시 제자리로 돌아오니 바닥에는 아직도 꽃잎이
한가득 쌓여 있었다. 이 꽃잎을 어찌할까 망설이고
있는데 마침 등 뒤에서 들리는 말소리,
"여기서 뭐 하고 있어요?"
임대옥이었다. 그녀는 어깨에 꽃잎 주머니가 달린 기

다란 꽃삽을 메고 손에는 꽃비를 들고 있었다.

"마침 잘 왔어. 여기 꽃잎 좀 쓸어다 연못에 버리자. 방금도 한 움큼이나 갖다 버렸거든."

대옥이 답했다.

"물에 버리는 건 안 좋아요. 자, 한번 봐요. 여기 물은 그래도 깨끗하지만 사람들이 사는 곳으로 흐르면 더러운 물과 섞이게 되잖아요. 그러면 꽃잎이 더러워지게 된단 말이에요. 제가 저쪽 귀퉁이에 꽃 무덤을 하나 만들어 놨어요. 이 꽃잎을 여기 비단 꽃주머니에 쓸어 담아서 흙 속에 묻으면 결국 흙으로 돌아갈 뿐이니 훨씬 깨끗하지 않겠어요?"

보옥은 대옥의 말에 뛸 듯이 기뻐하며 좋아했다. 대옥이 꽃잎을 묻어 주며 시를 한 편 지었는데 다음과 같았다.

꽃잎 묻는 날 보고 남들은 비웃네,
나 죽고 난 후 묻어 줄 이 누구랴
봄은 가고 홍안도 늙어 가면,
꽃은 지고 사람도 가니 서로 알 길 없구나

듣기만 해도 애절하기 그지없는 이 구절에 보옥은 그만 목을 놓아 통곡하며 땅바닥에 쓰러져 가슴에 안고 있던 꽃잎을 다 흩뿌리고 말았다. 생각해 보니, 꽃잎 같고 달님 같은 대옥의 얼굴을 어디서도 찾을 수 없는 때가 되면 어찌 가슴이 찢어지고 애가 끊어질 듯 괴롭지 않겠는가. 대옥의 몸을 찾을 길이 없어지면 다른 사람은 또 어떠하랴. 보차도 향릉도 습인도 다들 사라져 어디에서도 찾을 수 없는 날이 오고야 말 것이 아니겠는가. 보차 등을 찾을 길이 없어지면 나 자신은 또한 어디쯤에 가 있겠는가. 나 자신도 어디로 가서 헤매고 있을지 모를 일이니, 그렇다면 바로 이곳, 이 정원, 이 꽃들과 버드나무는 또 누구의 것이 되어 있을지!

그렇게 하나에서 둘, 둘에서 셋으로 점점 생각을 넓혀가다 보니 지금 이 순간 이 자리에서 도대체 무슨 바보 같은 것이 되겠다고 하는 건지, 그저 아득해지기만 하였다. 차라리 이 우주를 벗어나고 인간세상을 떠나 이러한 비통한 세상으로부터 참으로 순수하게 해방되고만 싶었다.

　꽃 그림자 가까이 전후좌우 비껴 있고,
　새소리는 오로지 귓전에서 맴도누나.

4-2.
어린 시심, 국화를 만나다

여러 사람들이 모여 국화시를 한 수 한 수 읽어 가며
찬탄을 금치 못하고 서로를 칭찬했다. 이환李紈이 웃
으며 총평을 했다.

"내 공평하게 품평할게요. 잘들 들어 봐요. 각 작품마
다 다들 놀라운 구절이 있기는 하지만 순위를 정하자
면 이렇습니다. '국화를 읊노라'詠菊가 첫째요, '국화
에게 묻는다'問菊가 둘째고, '국화의 꿈'菊夢이 셋째입
니다. 제목도 신선한 데다 시도 새롭고 담긴 의미가
뛰어나다는 점에서 대옥이 으뜸이라고 생각됩니다."

국화를 읊노라詠菊 _대옥

아침이고 저녁이고 찾아드는 시마詩魔:시를 지을 마음을

불러 일으키는 마력에,

울타리를 맴돌며 돌에 기대 흥얼대니
붓끝에 맺혀 있는 서리 기운 그려 내고,
입에는 향기 물고 달 마주해 읊조리네
스스로 가여워 종이 가득 하소연
한 마디 말로 가을 수심 풀어줄 이 누구랴
그 옛날 도연명이 한 번 높게 읊으니
천고의 높은 품격 오늘까지 전하누나

국화에게 묻는다問菊 _대옥

추정秋情을 묻노니 아는 이 하나 없구나
가만히 뒷짐 지고 동쪽 울타리 찾았네.
고고하고 높은 지조 누구랑 숨어 살기에,
다 같은 꽃이라도 너만 홀로 늦게 피느냐?
쓸쓸해라 텃밭의 이슬과 뜨락의 찬 서리,
그리워라 기러기는 날고 귀뚜라미 운다.
온 세상에 말벗 없다 공연히 말도 마라,
마음을 헤아리면 잠시인들 어떠하랴.

국화의 꿈菊夢 _대옥

울타리 곁에서 달콤하고 청아한 꿈에 드니,
아스라이 구름과 동무하고 달님과 함께 하네.
신선이 된다 한들 장주의 나비꿈 부러우랴,
예전 일이 그리워 도연명의 맹세를 찾으랴.
기러기를 따라 잠에서 멀리멀리 날다가,
귀뚜라미 울음에 화들짝 단꿈을 깼다네.
깨어날 때 아련한 심정 누구에게 원망하랴,
마른 풀에 차디찬 연기 회포는 한이 없네.

4-3.
하얗게 눈 속에 나도 묻히리

보옥은 밤새 설레서 잠도 제대로 이루지 못했다. 날이 밝자마자 자리에서 벌떡 일어나 휘장을 걷고 밖을 내다보았다. 창문이 닫혀 있는데도 밝은 빛이 들어오고 있었다. 분명 눈이 그치고 날이 개서 해가 나온 것이라는 생각에 보옥은 여간 실망한 것이 아니었다. 그러다 덧창을 열고 유리창을 통해 밖을 내다보고서야 그게 밤새 내린 눈이었음을 알게 되었다. 눈은 한자 높이로 쌓인 데다가 하늘에서는 아직까지도 솜뭉치 같은 눈송이가 펑펑 내리고 있었다. 보옥은 뛸 듯이 기뻤다. 당장 사람을 불러 세수를 마치고 옷을 입기 시작했다. 안에는 여우털이 달린 가지색 서양식 가죽저고리에 보라매 날개무늬의 수달피 조끼를 덧입었다. 마지막으로 허리띠를 맨 다음 용수염풀로 엮은 도롱이를 두르고 등나무 삿갓을 쓰고 사당나무 나막신을 신고 한시 바삐 노설엄蘆雪广으로 향했다.

사방을 둘러보니 세상은 온통 흰색이었고 아주 먼 곳에서나 소나무와 대나무의 푸른색이 희미하게 보일 뿐이었다. 보옥은 자신이 유리상자 속에 있는 듯한 기분이 들었다. 산기슭을 따라 모퉁이를 막 돌아서니 찬 기운 속에서 홀연 코끝을 스치는 향기가 있었다. 묘옥妙玉이 사는 농취암 안에 심어져 있는 십여 그루의 홍매화였다. 연지처럼 붉은 빛을 자랑하며 그윽하면서도 독특한 아취를 풍기고 있었다. 보옥은 매화 향기에 취해 한참이나 넋을 잃었다가 다시 발걸음을 옮겼다. 마침 그때 봉요교蜂腰橋의 널다리 위에서 우산을 받치고 오는 사람과 마주쳤는데, 그는 이환이 희봉을 부르러 보낸 사람이었다.

보옥이 노설엄에 도착해 보니 시녀와 할멈들은 막 눈을 쓸며 길을 트고 있었다. 노설엄은 본래 배산임수의 형세로 물가에 세운 집이었다. 그 일대의 몇몇 집은 모두 초가지붕에 토담을 쌓았고 무궁화 울타리와 대나무 침상을 쓰고 있었다. 창문을 열어젖히면 바로 낚시를 드리울 수 있는 곳이었고 사방이 모두 갈대와 억새로 뒤덮여 있었다. 갈대숲으로 난 구불구불한 작은 오솔길을 따라 걸어가니 우향사耦香榭의 대나무 다리가 나왔다. 보옥이 도롱이를 걸치고 삿갓까지 쓰고 나타나자 시녀와 할멈들은 다들 웃으면서 말했다.

"방금 전까지 이런 경치엔 고기 잡는 어부가 한 사람이 있어야 제 맛이라고 했는데 도련님 덕에 이제야 다 갖춰진 셈이네요. 아가씨들은 아침식사를 하고 오신대요. 도련님은 참 성질도 급하시지."

4-4.
홍매화 세 글자가 토해낸 시

다 같이 모여 홍매화를 감상하는 자리였다. 매화의
원줄기는 두 자가량 되는데 이리저리 뻗어나간 곁가
지는 대여섯 자도 넘게 길었다. 그 사이에는 마치 용
트림하듯 뻗어 오르거나 지렁이같이 기어오르거나
붓대처럼 외가닥으로 자랐거나 숲처럼 무성하게 자
란 잔가지들이 있었다. 매화꽃은 연지 같은 붉은 빛
을 토해내고 난초와 혜초 같은 향기를 뿜어내고 있어
모두들 감탄해 마지않았다. 그 사이에 형수연邢岫烟과
이문李紋과 설보금薛寶琴이 벌써 시를 지어서 써냈다.
홍, 매, 화 세 글자를 운으로 해서 지은 시를 순서대로
보면 다음과 같다.

홍매화(홍紅 자 운으로)_ 형수연

복사꽃 살구꽃 피기도 전인데,
추위도 나몰라라 동풍을 반기네
혼령되어 날아간 넋 겨울인가 봄이런가,
나부산의 지는 노을 선녀 꿈을 가로막네
푸른 녹매 받쳐주니 붉은 촛불 녹아들고,
백의 신선 취중에 무지개 잔상 넘나드네
볼수록 빛깔은 범상한 빛 아니니,
농도는 스스로 눈과 얼음에 맞추리라

홍매화(매梅 자 운으로)_ 이문

백매화는 지겨워서 홍매화를 노래하니,
아리따운 자태에 꽃봉오리 눈을 뜨네.
얼어붙은 굴에는 붉은 흔적 남았고,
시린 마음 그대로 잿빛으로 되었는가.
붉은 단약 잘못 삼켜 진골이 되었는가,
요지 선녀 도망쳐서 허물을 벗었는가.
양자강 남북에 봄빛이 찬란하다고,
행여나 벌과 나비 오해를 말지어다.

홍매화(花 자 운으로) _ 설보금

나뭇가지 성기어도 꽃송이는 요염하네,
아가씨 봄날 치장 사치함을 다투듯이,
정원에도 난간에도 하얀 눈은 없는데,
빈산의 물가에는 붉은 노을 떨어지네.
아득한 꿈길은 선녀의 피리소리 따르고,
그윽한 향기는 신선의 뗏목에 이른다네.
전생에 이 몸은 요대에서 살았을 것을,
그대의 붉은 자태 다시 의심 않겠노라.

4-5.
살구꽃 만나지 못한 것이 못내 아쉬워

상운[史湘雲]의 말에 보옥은 본래 대옥에게 가 보려던 참이었으므로 일어나 지팡이를 짚고 그들과 헤어져서 심방교 일대의 뚝방을 따라 걸었다. 버드나무가 황금빛 줄기를 늘어뜨리고 복숭아꽃은 붉은 꽃봉오리를 내밀고 있었다. 산석 뒤에 커다란 살구나무가 한 그루 서 있는데 꽃은 전부 지고 푸른 그늘을 그윽하게 드리우고 있었다. 살구나무 가지 위엔 콩알만 한 살구가 오글오글 달려 있었다. 보옥은 속으로 생각했다.

'며칠간 병이 나서 누워만 있었더니 그만 살구꽃도 제대로 보지 못했구나. 아이고 미안해라! 푸르른 잎사귀 그림자 드리우고 가지마다 열매 가득하구나, 하는 두목杜牧의 시구가 생각나는구나.'

보옥은 살구들을 보며 차마 발을 떼지 못하고 있었
다. 순간 형수연의 혼인이 생각났다. 남녀의 혼인은
인륜지대사로서 피할 수 없는 일이나 좋은 여자 하
나가 줄어든다고 생각하니 심란해졌다. 한두 해 정도
지나면 그녀도 자식을 낳아 일가를 이루고 '푸르른
잎사귀 그림자 드리우고 가지마다 열매 가득하구나'
처럼 되겠지. 이제 또 며칠이 지나면 이 살구나무 가
지에서 열매가 다 떨어지고 가지는 텅 비게 될 테고,
또 몇 년이 지나면 형수연의 검은 머리가 파뿌리가
되고, 빛나던 얼굴도 마른 나무처럼 될 게 아닌가. 살
구나무를 마주하고 선 보옥은 슬픔이 몰아쳐 그저 한
숨을 지으며 눈물만 흘릴 뿐이었다.

그때였다. 갑자기 참새 한 마리가 푸드덕 날아와선
가지 위에 자리를 잡고 지저귀기 시작했다. 그러자
보옥은 또 거기에 정신을 잃고 상념에 빠져들기 시작
했다.

'이 참새는 살구꽃이 한창이었을 때 여기에 와 보았
겠구나. 이제 꽃은 지고 빈 가지에 열매와 잎만 무성
하니 저리 어지럽게 지저귀는 것이겠지. 저 소리는
필시 슬퍼 우는 울음소리일 거야. 옛날 공자의 제자
인 공야장이 새와 말이 잘 통했다고 하는데, 눈앞에
없으니 물어볼 수도 없구나. 명년 봄에 살구꽃이 다

시 필 때에는 저 새가 다시 날아와 지저귀며 올해의
살구꽃을 기억이나 하려는지?'

4-6.
꽃을 베고 누워 잠들다

그때, 어린 시녀 하나가 낄낄대며 달려왔다.

"아가씨들, 어서 저쪽으로 가 보세요. 산석 뒤에 있는 검은 돌의자 쪽으로요. 상운 아가씨가 거기 누워 잠들어 계셔요."

다들 웃음이 터진 가운데 누군가 말했다.

"쉿! 조용히 해."

달려가 보니 과연 상운은 한적한 돌의자에 누워 단잠을 자는 중이었다. 사방에 있던 작약 꽃잎이 누워 있는 상운의 몸 위로 떨어져 머리와 얼굴과 옷깃이 온통 붉은 꽃잎으로 덮여 있었다. 손에 쥐고 있던 부채 역시 땅에 떨어져 벌써 반나마 꽃잎 속에 묻혀 있었다. 그런 그녀의 주변으로 벌과 나비가 어지럽게 날고 있었다.

거기다 상운은 하얀 손수건에 작약꽃을 싸서 그것을
베개 삼아 누워 있었다. 사람들은 그녀의 모습이 너
무나 사랑스럽기도 했지만 우습기도 해서 얼른 달려
가 흔들어 깨웠다. 상운은 그때까지도 잠꼬대처럼 입
속으로 주령酒令 구절을 외웠다.

    샘물이 향기로우니 술맛 또한 좋구나
    옥잔에 담아내니 호박 같은 빛이 나네
    달 떠올라 매화 가지에 걸리니
    취한 몸 부축 받아 돌아가지만
    좋은 벗 만남은 마땅하다네

사람들은 웃으면서 그를 흔들어 깨웠다.
"밥 먹으러 갑시다. 이런 데서 잠들면 병나요."
상운은 가을 물결같이 촉촉한 두 눈을 살그머니 뜨고
는 사람들을 바라보았다. 그러다가 고개를 숙여 자신
의 모습을 보고는 비로소 자신이 취했음을 알게 되었
다. 애초에 조용하고 시원한 곳에서 바람이나 쐬려던
것이었는데 주령놀이에서 마신 벌주 두어 잔 때문에
연약한 몸이 술기운을 이기지 못하고 그만 잠이 들었
던 것이다. 부끄러운 마음에 얼른 홍향포紅香圃로 돌
아와 진한 차를 한 잔 마셨다. 탐춘은 시녀에게 술을

깨는 성주석을 가져오도록 하여 상운에게 주었다. 잠
시 후 신 매실탕을 가져다 먹었더니 상운은 차츰 술
이 깨는 듯했다.

4-7.
마음을 실어 연을 날리네

대옥이 손수건으로 손을 받치고 주춤주춤 연줄을 잡아당겨 보았더니 과연 바람을 잘 타서 연줄이 팽팽했다. 얼레를 받아든 대옥이 연이 오르는 기세에 맞춰 얼레를 풀자 얼레는 순식간에 와르르 소리를 내며 다풀리고 말았다. 대옥이 다른 사람에게 연을 날려 보내라고 하자 사람들이 웃으며 말했다.

"우리도 하나씩 다 있어요. 대옥 아가씨가 먼저 날려 보내세요."

"날려 보내는 것도 재미있겠지만 차마 그럴 수가 없어서 그래요."

이환이 말했다.

"바로 그 재미로 연을 날리는 건데 뭘 그래. 그래서 액운을 날려 보낸다고 하는 거잖아. 아가씨는 더더욱 많이 날려 보내야 돼. 그래야 병을 뿌리째 날리게 되거든."

자견이 웃으며 말했다.

"우리 아가씨는 점점 소심해지고 있어요. 해마다 연을 날리지 않은 때가 있었나요? 그런데 올해는 왜 갑자기 마음이 아프다고 저러시는지. 아가씨가 안 날리시면 제가 대신 날려드릴게요."

자견은 곧 설안에게 은으로 만든 작은 서양 가위를 가져오라고 하여 얼레 끝에서 한 치도 안 남기고 연실을 싹둑 잘라 버렸다.

"자, 이젠 우리 아가씨의 병도 송두리째 다 날아갔습니다!"

대옥이 날리던 연은 바람을 타고 훨훨 날아올라 멀리멀리 사라져 갔다. 대옥의 연은 잠시 후에 아주 작은 달걀만 해지더니, 눈 깜짝할 사이에 하나의 검은 점으로 남았다가, 그마저 눈앞에서 사라지고 말았다. 사람들은 고개를 들고 눈길을 모아 바라보면서 소리쳤다.

"야! 재미있다, 재미있어!"

그러나 보옥은 쓸쓸해하며 말하는 것이었다.

"하지만 어디쯤 가서 떨어질지 알 수가 없네. 그래도 만일 사람이 사는 곳에 떨어져서 어린아이들이 줍기

라도 하면 좋겠지만 만일 아무도 없는 황량한 들판에
라도 떨어지면 너무 쓸쓸해서 어떡해. 그러니 내 연
도 함께 날려 보내서 자기들끼리 친구하도록 하는 게
좋겠어."

보옥은 가위로 자기 연줄도 끊어서 대옥의 연처럼 멀
리 날려 보냈다.

탐춘도 자기 봉황연의 연줄을 자르려고 하는데 하늘
에 또 하나의 봉황연이 나타났다.

"대체 누가 또 저 연을 날리는 거야?"

사람들이 재미있다는 듯이 말했다.

"잠깐! 아가씨 연을 자르지 말고 계셔 보세요. 저 연
이 연싸움을 하자고 달려드는 것 같아요."

그때 저쪽 봉황연이 점점 다가오더니 마침내 두 연이
엉키고야 말았다. 이쪽 연의 줄을 당기니 저쪽에서도
줄을 당기며 좀처럼 물러설 기세가 아니었다. 그때
또 문짝만 한 커다란 '희'囍 자 연이 공중에서 종소리
만큼이나 요란한 폭죽소리를 내면서 가까이 다가오
고 있었다.

다들 더욱 흥미진진해져서 웃으며 말했다.

"저 희 자 연도 싸움을 걸려고 오는 건가 봐. 그럼 연
줄을 당기지 말고 내버려둬 봐요. 세 연이 뒤엉키면
더 재미있으니까."

과연 희자 연은 두 봉황연과 한꺼번에 어지럽게 엉키더니, 어떻게 된 일인지 연줄이 모두 끊어져서 연 세 개가 동시에 바람에 날려 멀리 날아갔다. 그러자 사람들이 박수를 치며 좋아하였다.

"와! 정말 멋지다, 멋져! 저 희 자 연은 누구네 것인지 모르지만 어쩌면 서렇게 심술꾸러기일까."

4-8.
때늦게 피어난 해당화에
마음은 가지각색

사람들은 모두 웃으면서 꽃이 기이하게 피어난 것에
대해 이야기를 나눴다.

"이 꽃은 원래 삼월에 피는 꽃이야. 지금은 십일월이
지만 절기가 늦어서 시월이나 다름없으니, 소양춘小
陽春 같은 날씨라 핀 모양이구나. 날이 푹하면 겨울에
도 꽃이 피는 일이 더러 있으니까."

가모의 말에 왕부인이 맞장구를 쳤다.

"어머님 말씀은 언제나 옳으신 말씀입니다. 지금 꽃
이 피었다고 해도 이상할 게 없고말고요."

그러나 형부인의 생각은 달랐다.

"들자니 이 꽃나무는 1년 전부터 시들어 있었다고 하
던데 왜 철도 아닌 때에 다시 피어났을까요? 아무래
도 무슨 곡절이 있는 것 같아요."

그러자 이환이 웃으면서 끼어들었다.

"노마님과 마님 말씀이 다 맞는 것 같아요. 저의 어리석은 소견으로는 이건 틀림없이 보옥 도련님에게 일어날 경사를 미리 알려 주는 것 같아요."

그러나 곁에서 듣던 탐춘은 속으로 이런 생각을 했다. '이 꽃이 핀 것은 결코 좋은 조짐이 아닐 것이다. 대개 순리를 따르면 흥하고 거스르면 망하는 법이야. 풀과 나무가 제철 아닌 때 꽃을 피운다는 건 필시 불길한 징조일 거야.' 물론 이 생각을 입 밖으로 낼 수는 없는 일이었다. 유독 대옥이만은 경사가 있을 거라는 말에 마음이 들떴던지 흥분된 어조로 말했다.

"옛적에 전씨 집안에 가시나무 한 그루가 있었대요. 그 집 삼형제가 분가를 하니까 그 나무도 말라 버렸대요. 그걸 본 삼형제가 다시 한곳에 모여 살자 그 가시나무도 되살아나더래요. 초목도 사람을 따르는 모양이죠? 요새 보옥 오라버니가 공부를 열심히 해서 외삼촌을 기쁘게 해드렸기 때문에 저 나무가 꽃을 피운 것 같아요."

가모와 왕부인은 이 말을 듣고 매우 기뻐하였다.

"대옥이의 비유가 일리가 있고 아주 재미있구나."

이런 이야기들을 나누고 있는데 가사, 가정, 가환, 가란 등이 모두 꽃구경을 하러 왔다. 꽃을 보자 가사는 대뜸 이런 소리를 했다.

"당장 베어 버려야 해. 이건 꽃요괴의 장난질이야."

그러나 가정은 이 말에 반대했다.

"요괴를 요괴로 인정해 주지 않으면 그 요괴는 힘을 못 쓰는 법. 그대로 둬도 무방할 것 같습니다."

듣고 있던 가모가 화를 벌컥 냈다.

"거 쓸데없는 소리를 하는 게 누구냐! 우리 집에 경사가 있을 징조를 가지고 요괴니 뭐니 하면서 떠들어 대다니! 만일 좋은 일이 생기면 너희가 다 받고, 나쁜 일이 생기면 나 혼자 다 당할 테니 허튼소리들 작작 하거라."

가정은 더 이상 아무 말도 못하고 가사 등과 함께 겸연쩍어하며 물러나왔다.

5부
時,
먹고 마시고 사는 이야기

5-1.
귀하고도 귀한 신비의 냉향환

주서댁은 엉덩이를 구들 위에 붙여 앉으며 보차에게
말을 건넨다.

"요 며칠 아가씨가 저희 쪽으로 통 발걸음을 안 하시
니 혹시 보옥 도련님이 속상하게 한 일이라도 있으신
가요?"

보차가 웃으면서 대답한다.

"무슨 말씀이세요. 내가 또 지병이 도지는 바람에 요
며칠 문밖 출입을 못했던 거예요."

주서댁이 정색하고 말을 받는다.

"아, 그랬어요? 아가씨는 도대체 무슨 병이 있기에.
아직 나이가 어리신데 하루라도 빨리 의원에게 보여
서 약을 짓고 단번에 뿌릴 뽑아야지요. 병의 뿌리를
남겨 두면 되나요. 그대로 내버려 두면 큰일납니다."

그러자 보차가 답했다.

"아이고, 약이라면 이제 진저리가 나요. 이 병 때문에 얼마나 헛돈을 많이 썼는데요. 명의란 명의, 명약이란 명약도 다 소용없었어요. 한번은 어떤 스님을 만났는데 이름 없는 병만 고친다고 하기에 모셔서 진찰을 받아 보았어요. 스님 말씀이 제 병은 어머니 뱃속에서 가지고 나온 열독이래요. 다행히 선천적으로 건강하여 큰 탈은 없지만 보통 약으로는 전혀 소용이 없다고 하네요. 그러면서 삼신산의 신선들이나 먹는 해상海上의 처방을 내려주고 가루약 한 봉지를 주시며 약인으로 삼으라 하셨지요. 그 향이 정말 세상에선 맡아 보지 못한 이상한 것이었어요. 근데 어디서 그걸 얻었는지는 모르겠어요. 스님께서 병이 도지면 한 알씩 먹으라 하셨는데 정말 신기하게도 그걸 먹으면 효험이 좀 있지 뭐예요."

주서댁이 더욱 궁금해져 다시 물었다.

"해상 처방이란 어떤 것인가요? 아가씨가 말씀해 주시면 우리도 듣고 잘 기억했다가 사람들한테 얘기해서 이런 병이 생기거든 써먹으면 좋지 않겠어요?"

보차가 듣고 웃으며 말한다.

"이 처방은 안 듣는 게 나을 걸요. 만약 이 처방을 제대로 쓰려고 하면 사람을 먼저 말려 죽이고 말 테니까요. 여기에 쓰는 약재는 정말 운이 좋아야 구할까 말까 하거든요. 우선 봄에 피는 흰 모란의 꽃술 열두 냥과 여름에 피는 흰 연꽃의 꽃술 열두 냥, 가을에 피는 흰 부용의 꽃술 열두 냥, 겨울에 피는 흰 매화 꽃술 열두 냥이 있어야 해요. 이 네 가지 꽃술을 다음 해 춘분날 볕에 말린 다음 갈아서 가루로 만들어요. 그러곤 그 다음 해 우수에 내리는 빗물 열두 전으로 개어서……."

말을 채 마치기도 전에 주서댁이 성급히 나섰다.

"어이구야, 그렇다면 이 약을 만드는 데 3년이나 걸린다는 말씀이네요. 만일 우수 날에 비가 안 오면 어떡하나요?"

"그러니까 운이 좋아야 한다는 거지요. 비가 안 오면 그 다음 해를 기다릴 수밖에 없어요. 거기에 백로 날에 내린 이슬 열두 전, 상강에 내리는 서리 열두 전, 소설에 내리는 눈 열두 전, 이렇게 네 가지 물을 넣어 적당히 잘 섞어서 약을 만들어요. 거기에 벌꿀 열두 전과 백설탕 열두 전을 넣어 용안 크기만 한 환약을 지어 오래된 도자기 단지 속에 넣어, 꽃나무 아래 묻어 두지요. 병이 도지면 꺼내어 한 알씩 먹는데 열두 푼의 황백 삶은 물로 삼켜야 한다는 거예요."

주서댁은 다 듣고 기가 막힌다는 듯이 말했다.

"아이고 나무아미타불, 정말 사람을 말려 죽이고야 말겠군요. 10년을 기다려도 그렇게 운이 좋을 수는 없겠는데요. 그런데 이 약은 이름이 없나요?"

"있고말고요. 그것도 스님이 말해 준 거지요, 냉향환 冷香丸이라고."

주서댁이 듣고서 고개를 끄덕이더니 한마디를 더 물었다.

"그런데 그 병이 도지면 어떤 상태가 되나요?"

"뭐 특별한 느낌은 없어요. 그저 기침을 좀 하는데, 이 약을 한 알 먹으면 바로 좋아지지요."

5-2.
상상 그 이상의 화려함, 대관원

궁중 가마는 서서히 대문으로 들어와 안뜨락문을 지나 동쪽으로 건너가 한 저택의 문 앞에서 멈춰 섰다. 불진拂塵을 잡고 있던 태감이 그 앞에 엎드려 가마에서 내려와 옷을 갈아입으시라 청했다. 가마가 문 안으로 들어서니 태감과 다른 이들은 흩어졌다.

이번엔 궁녀 소용과 채빈 등이 나서 원춘 귀비를 부축하여 가마에서 내리게 하였다. 원내에는 아름다운 꽃 모양의 색색 등불이 빛났다. 모두가 능사와 비단으로 묶어서 아주 정교하게 만든 것들이었다. 위에는 '체인목덕'體仁沐德 네 글자가 쓰인 등이 걸렸다. 귀비가 방으로 들어가 옷을 갈아입고는 다시 가마에 올라 정원으로 향했다. 이때 정원에서는 향이 아련히 피어오르고 꽃 장식이 화려하게 펼쳐지고 곳곳마다 등불이 비추고 고운 풍악소리가 가늘게 울려 퍼졌다. 그야말로 태평성대의 기상과 부귀영화의 지극한 모습을 이루 다 말로 할 수 없을 지경이었다.

한편 가마 안에서 밖을 바라보던 귀비는 정원 안팎으로 호화롭게 꾸며 놓은 것이 너무 화려하고 사치스러워 비용이 과도하게 쓰였을 것을 생각하며 탄식을 금치 못했다. 그러는 중에 갑자기 불진을 들고 있던 태감이 앞에 엎드리며 어서 배에 오르기를 청했다. 귀비는 가마에서 내려섰다. 앞에는 맑은 물줄기가 헤엄치는 용처럼 흐르고, 양편의 돌난간 위에는 수정과 유리로 만든 온갖 모양의 풍등이 걸려 있는데 마치 은꽃이나 눈보라처럼 불빛이 수면에서 출렁거렸다. 버드나무와 살구나무 등에는 꽃이나 잎이 없지만 통초화나 비단, 종이 등으로 나무의 모양을 만들어 가지마다에 붙이고 등불도 여러 개씩 달아 두었다. 연못 위에는 연꽃과 순채가 떠 있고 오리와 백로가 한가롭게 노닐고 있었는데 실상은 모두 조개껍질이나 새털 등으로 꾸민 것이었다. 등불이 위아래에서 서로 빛을 다투니 마치 유리 세상이나 구슬 보석의 천지 같았다. 유람선 위에도 정교하기 그지없는 각양각색 화분과 홍등을 걸고, 구슬을 꿴 주렴과 비단에 금실로 수를 놓은 장막을 설치하였으며, 향기로운 계수나무 키와 목란의 노를 만들어 놓았으니, 그 화려함은 이루 다 말할 필요도 없었다. 배가 돌로 쌓은 수문 안으로 들어가는데 위에는 편액 등불이 걸렸고 그 위에는 '요정화서'蓼汀花漵 네 글자가 분명하게 드러나 보였다. 귀비가 이 네 글자를 보고 웃으며 말했다.

"'화서' 두 글자는 괜찮은 것 같으나 굳이 '요정'이라고 한 것은 왜일까요?"

태감이 그 말을 듣고는 서둘러 작은 배를 타고 물가로 나가 비호같이 가정에게 그 말을 전했다. 가정이 이를 듣고는 즉시 바꾸었다.

잠시 후 배는 안쪽 언덕에 닿았다. 배에서 내려 다시 가마를 타고 오르니, 옥돌로 깎은 아름다운 궁전과 계수나무로 지은 전각이 우뚝 솟아 있었다. 돌 패방 위에는 분명하게 '천선보경'天仙寶境 네 글자가 쓰여 있었다. 귀비는 급히 명하여 '성친별서'省親別墅: '집으로 돌아와 부모님의 안부를 묻다'로 바꾸도록 하고는 행궁으로 들어갔다.

뜰 안에는 타오르는 불길이 하늘 높이 솟아올랐고, 향나무 가루가 온 땅에 흩어져 있었다. 나무마다 등불을 달아 놓은 것이 마치 구슬 꽃송이 같았다. 황금 창문에 백옥 난간이 화려하였고 새우 수염 같은 대발 주렴에 수달피로 짠 주단이 펼쳐져 있었으며, 사향의

용뇌를 태우는 향로에서는 향기가 풍겨났다. 여기에 꿩 털로 만든 부채가 병풍처럼 늘어서 있었으니 그야말로 이러했다.

황금 대문에 옥으로 된 방 신선의 거처요,
계수나무와 난초 궁궐은 귀비의 집이로다.

5-3.
손자 사랑과 공양은 비례하는 것

보옥의 수양어미인 마도파^{馬道婆}가 영국부로 찾아와 문안인사를 올렸다. 마도파는 보옥의 얼굴을 보고는 깜짝 놀라 어떻게 된 일인지를 물었다. 촛불기름에 덴 것이라는 말에 고개를 끄덕이며 한숨을 푸욱 쉬더니 보옥의 얼굴에 손가락으로 선을 긋고는 중얼중얼 하는 것이었다.

"이젠 틀림없이 좋아질 것입니다. 이건 잠깐 지나가는 재난일 따름이지요."

그리고 다시 가모에게 은근한 말투로 알려 준다.

"우리 보살 같은 노마님께서 이런 걸 어찌 아시겠어요? 경전 속의 불법이 정말로 무섭고 대단하다는걸요. 대개 대갓집 자제들이 잘 자라지 못하는 데에는 우리가 모르는 많은 잡귀들이 달라붙어 있기 때문입

습죠. 틈만 나면 꼬집고 할퀴거나, 밥 먹을 때 밥그릇을 뒤집거나, 걸어갈 때 밀어서 넘어뜨리기도 하고요. 그래서 왕왕 대갓집 자제들이 잘 자라지 못한다고 하잖아요."

가모가 그 말을 듣고 깜짝 놀라 물었다.

"그러면 어찌 해야 그 화를 면할 수 있는 겐가?"

"어려울 것 없습니다요. 그저 인과응보를 생각하며, 복을 쌓으시는 거죠. 경전에 보면 대광명보조보살大光明普照菩薩이라는 부처님이 계신데 이 부처님은 눈에 안 보이는 사악한 잡귀를 다스리신답니다. 선남선녀가 이 부처님께 경건한 마음으로 지성을 다해 공양을 올리면 자손들이 편안하고 잘되는 것은 물론이고 귀신이 들러붙어 액을 당하는 일도 없다고 합니다."

마도파의 말에 가모는 더욱 진지해졌다.

"그 부처님께는 어떻게 공양을 드려야 하는가?"

"뭐 그리 어려운 건 아닙니다. 향촉을 공양하는 것 외에 하루에 몇 근 정도 향유를 더하고 큰 해등海燈에 불을 밝히면 됩니다. 이 해등이란 게 바로 보살님께서 현신하신 법상法像이니 밤이고 낮이고 불을 꺼트려선 안 되는 것이지요."

"그래, 밤낮으로 공양하면 하루에 기름이 얼마나 드는 겐가? 좀 자세히 일러 주게나. 나도 보시하여 그

공덕 좀 쌓아야겠네그려."

마도파는 더욱 신이 났다.

"그야 정해진 게 있나요. 시주님이나 보살님의 소원대로 하시면 되지요. 저희 절에선 여러 곳의 왕비님 명을 받잡아 공양을 올려드리는데요, 남안군왕南安郡王 왕부의 태비께서는 소원이 많고 원력도 크셔서 하루에 마흔여덟 근의 기름을 쓰시고 등초는 한 근 정도를 쓰십니다. 해등은 항아리보다 약간 작은 정도랍니다. 금전후錦田侯 댁의 고명은 그보다는 못하지만 그래도 하루에 스물넉 근의 기름을 쓰고요. 다른 대갓집에서도 어디는 닷 근, 세 근, 한 근 이렇게 일정하지는 않지요. 보통 넉넉지 않은 집안에서는 이만큼씩 낼 수가 없으니 그저 반 근이나 넉 냥 정도를 내고 있지만 등을 다 달아 드리고는 있지요."

가모는 그 말에 고개를 끄덕이며 잠시 생각에 잠겼다. 마도파는 덧붙여 말했다.

"그런데 한 가지, 부모나 어른들을 모실 때는 보시를 많이 해도 상관없지만 손주님을 위해 쓸데없이 보시를 많이 하시면 오히려 도련님이 이겨내기 힘들 수 있답니다. 복을 깎아먹으면 안 되니까 그건 당치 않은 일이에요. 많게는 일곱 근, 적게는 다섯 근이면 족하답니다."

"그렇다면 매일 다섯 근으로 하고 매월 정해진 액수대로 받아가도록 하게나."

마도파는 두 손을 합장하며 염불했다.

"나무아미타불, 자비로운 대보살님!"

5-4.
세상 모든 것은 음 아니면 양

취루翠縷가 말했다.

"저쪽에 석류나무가 있네요. 네댓 가지가 연이어 붙어서 흡사 누각 위에 누각을 지은 것처럼 되었어요. 정말 저렇게 자란 건 흔치 않은데 말이에요."

"꽃이나 풀도 사람처럼 기맥이 충실해야 잘 자라는 거야."

상운의 말에 취루가 고개를 갸우뚱하면서 엉뚱한 말을 했다.

"저는 그 말 못 믿겠어요. 만약 사람하고 똑같다면 사람 머리 위에 또 머리통이 생겨난 사람을 왜 나는 못 보았던 거죠?"

상운은 그만 웃음을 터뜨렸다.

"항상 너한테 엉뚱한 말 좀 하지 말라고 했는데 굳이

또 하는구나. 그런 엉뚱한 소리에 어떻게 대답하면 좋지? 천지간의 만물에는 음과 양의 두 기운이 주어져서 바르거나 사악하게, 혹은 기이하고 괴팍하게 천변만화를 일으키는데, 모두가 음양의 순리와 역행에 의해 만들어지는 거야. 그래서 수많은 삶이 만들어지는데 사람들은 평소에 보지 못한 것을 기이하다 여기지만 궁극적으로는 다 같은 이치일 뿐이야."

"그렇다면 고금을 통하여 천지가 개벽된 이래로 모두가 바로 음양이란 말씀이군요?"

"이 바보 같은 것아, 점점 더 헛소리만 해대는구나. 뭐가 모두 음양이란 거야? 그래, 음양이라고 생겨먹은 어떤 놈이라도 있다는 거냐? 음과 양은 각각 하나의 글자일 뿐이야. 양이 다하면 음이 되고 음이 다하면 양이 된다는 거지, 음이 다한 다음에 또 다른 양이 생겨나거나 양이 다한 다음에 또 다른 음이 생겨나는 것이 아니란 말이야."

상운이의 설명에 취루는 더욱 정신이 없는 모양이다.

"정말 미치겠네요, 무슨 말씀을 하시는지. 형태도 그림자도 없다면서 도대체 뭐가 음양이란 말입니까. 아가씨, 딱 한 가지만 물어볼게요. 그 음양이란 놈은 도대체 어떻게 생겼나요?"

"음양이 무슨 모양이 있을 수 있겠니? 그저 하나의

기운일 뿐인데. 어떤 기물에 넣어야 비로소 형태를 이루는 거지. 예를 들면 하늘은 양이고 땅은 음이야. 물은 음이고 불은 양이고, 해는 양이고 달은 음이라고 하는 거나 마찬가지야."

취루가 웃으면서 깨달은 체했다.

"그래요, 이제야 확실히 알겠어요. 사람들이 해를 보고 늘 '태양'이라고 부르고 점쟁이들이 달을 보고 '태음성'이라고 하더니만 그게 바로 이런 이치였군요."

상운도 환하게 웃었다.

"아이고머니나! 마침내 깨달았구나!"

"그렇게 큰 것에 음양이 있다는 건 그렇다 치더라도 설마 모기나 벼룩, 꽃이나 풀, 기와조각, 벽돌 같은 것에도 음양이 있다는 말인가요?"

"그럼, 음양이 없는 것이 어디 있겠니? 예를 들면 이 나뭇잎 하나도 음양으로 나눌 수가 있단다. 햇볕 있는 하늘로 향한 것은 양이고, 아래로 응달을 향한 것은 바로 음이지."

취루는 상운의 말에 고개를 끄덕였다.

"그렇군요. 이제 분명히 알겠어요. 하지만 우리 손에 잡고 있는 부채는 어디가 양이고 어디가 음이죠?"

"여기 앞쪽이 양이고 반대쪽이 음이지."

취루는 다시 고개를 끄덕이며 웃었다. 그리고 몇 가

지 예를 더 들어 물어보려다 별다른 생각이 나지 않자 가만히 있다가, 문득 상운이 허리에 차고 있던 금기린을 발견하곤 물었다.

"아가씨, 이것에도 설마 음양이 있는 걸까요?"

"모든 들짐승과 날짐승은 수놈을 양이라고 하고 암놈을 음이라고 하는 거야. 암컷과 수컷으로 구분되어 있는데 어째 없겠니?"

"그럼 이놈은 수놈이에요, 암놈이에요?"

"그건 나도 모르겠네."

"그건 그렇다고 쳐요. 물건마다 모두 음양이 있는데 우리 사람은 왜 음양이 없는 거죠?"

그 말에 상운이 취루를 야단쳤다.

"아이고, 이 천박한 것아! 잘 걸어가기나 하렴. 고작 묻는다는 게 그런 거냐?"

취루가 여전히 웃으면서 대들었다.

"그게 뭐 어렵다고 안 가르쳐 주세요? 나도 알았다고요. 공연히 골탕 먹이려고 하지 마세요."

"알긴 뭘 알았다고 그래, 응?"

"아가씨는 양이고 저는 음이라는 거죠."

상운은 그 말이 너무나 우스워 손으로 입을 가리며 까르르 웃어 댔다.

"제 말이 맞죠? 그리 웃으시는 걸 보니 틀림없어요."

"그래, 맞다 맞아!"

상운은 여전히 웃음을 참지 못하여 마지못해 대답했다. 그러나 취루는 아주 진지했다.

"사람들 규범에 부인은 양이고 노비는 음이라고 하잖아요. 제가 그런 이치도 모를 줄 아세요?"

"그래, 그래. 넌 아주 잘 알고 있구나."

5-5.
세상에 둘도 없는 기이한 물건들

(1) 연연라

가모는 설부인 등을 향해 말했다.

"그 천은 자네들 나이보다도 더 오래된 걸세. 그러니 저 애가 선익사蟬翼紗로 알고 있는 것도 무리는 아니지. 원래 아주 비슷해서 모르는 사람은 다들 선익사로 알거든. 정식 이름은 '연연라'軟煙羅라고 부르는 것이다."

"이름도 참 예쁘네요. 저도 이 나이 되도록 사紗라든가 라羅라든가 하는 것을 수백 가지 보아 왔지만 그런 이름은 처음이에요."

희봉의 말에 가모가 다시 말을 받았다.

"네가 살았으면 몇 살이나 살았다고 별것 아닌 것들 몇 가지를 보고 아는 척을 하는 게냐. 그 '연연라'는 딱 네 가지 색깔뿐이다. 하나는 비온 뒤에 개인 맑은 하늘 같은 푸른색, 하나는 가을 향기처럼 은은한 노란색, 하나는 솔잎 같은 초록색, 그리고 마지막 하나는 은빛 섞인 분홍색이지. 그걸 가지고 휘장을 만들거나 창문을 바르면 멀리서 볼 때 마치 연기나 안개가 은은하게 피어나는 것처럼 보여서 '연연라'라고 하는 게야. 그중에서 은빛 섞인 분홍색은 노을 그림자가 비친다는 뜻으로 '하영사'霞影紗라고도 부른단다. 지금 궁중에서 쓰는 최상품도 이것만큼 부드럽고 두툼하고도 가볍고 촘촘하지는 못하지."

설부인이 나섰다.

"희봉이는 말할 것도 없고 저희도 들어 보지 못한 것인데요."

희봉은 곧 사람을 보내 한 필을 가져오라고 하였다.

"그래, 바로 이거 아니냐. 전에는 그저 창문에나 발랐는데 나중에 이것으로 휘장을 한번 만들어 보았더니 아주 좋았어. 몇 필 더 찾아내서 대옥이 창문에 발라 주어라."

다른 사람들도 함께 보면서 찬탄해 마지않았다.

(2) 나무 술잔

희봉이 풍아에게 일렀다.

"저 안쪽 방에 가서 책장 위에 있는 죽근竹根으로 된 열 개짜리 술잔 한 벌을 가져 오너라."

풍아가 대답하고 가지러 가려는데 원앙이 웃으면서 얼른 끼어든다.

"그 술잔은 저도 잘 알아요. 그런데 그건 너무 작지 않나요. 더구나 방금 아씨가 말씀하신 건 나무로 만든 술잔이라고 했는데 죽근으로 만든 술잔이라니요. 저희한테 황양목 뿌리를 파서 만든 열 개짜리 큰 술잔 한 벌이 있거든요. 그걸로 열 잔을 한꺼번에 마시게 하는 게 어때요?"

"그게 좋겠네."

원앙이 사람을 보내 술잔을 가져오도록 했다. 유노파는 술잔을 보고 놀라기도 했지만, 한편으로는 이런 것을 볼 수 있다는 것이 기뻤다. 그 술잔은 열 개가 한 벌로, 가장 큰 것은 작은 바가지만 했고 가장 작은 것도 지금 들고 있는 술잔의 배는 컸다. 또한 술잔에 새겨진 조각은 참으로 기기묘묘하였다. 대부분 산수와 수목 그리고 인물을 새겼는데, 그 속에 초서나 도장이 선명하게 찍혀 있었다.

(3) 작금니

가모가 원앙을 불러 분부했다.

"어저께 그 사막여우 목덜미 가죽으로 만든 외투를 가져오너라."

원앙이 곧 나가서는 눈 올 때 입는 외투 한 벌을 가져왔다.

그 옷은 금빛과 비취빛이 영롱하게 빛나고 푸른빛이 감도는 것이, 설보금이 입고 있던 물오리 털외투와도 달라 보였다. 가모가 웃으면서 말했다.

"이 옷은 '작금니'雀金呢라고 부르는 것인데 러시아산 공작털에 금실을 꼬아서 만든 옷감이란다. 지난번에 물오리 털외투는 보금이한테 주었는데 이번엔 이걸 너한테 주마."

보옥이 고개 숙여 감사의 절을 하고 옷을 받아 몸에 걸쳐 보았다.

"얼른 네 어미에게 가서 보이거라."

보옥은 왕부인의 방으로 가서 옷 입은 모습을 보여 주고 대관원으로 돌아왔다. 청문과 사월에게 옷을 보여 준 다음 다시 가모의 방으로 돌아왔다.

"어머니가 보시고는 소중한 옷이니까 공연히 상하지 않도록 조심해서 잘 입으라고 하셨어요."

"그래, 이젠 그 한 벌밖에 안 남았으니까. 네가 옷을 상하게 하면 더는 구할 수가 없단다. 이번처럼 너를 위해 특별히 만들어 주는 일도 더 이상은 없을 거야."

(4) 모주와 교초장

풍자영馮紫英은 품 속에서 하얀 비단 꾸러미 하나를 꺼냈다. 여러 겹의 비단을 벗기니 유리 상자가 나왔다. 상자를 여니 바닥에는 주름을 잡아놓은 붉은색 비단이 깔려 있었고 그 위로 금 받침대가 놓여 있었다. 금 받침대 위에는 계원만큼이나 큰 구슬이 얹혀 있는데 그 광채가 눈이 부실 정도였다.

"이걸 모주母珠라고들 합니다."

풍자영은 쟁반을 하나 가져오라 했다. 첨광詹光이 얼른 검은 칠을 한 다반茶盤을 가져오자 풍자영은 또 품에서 흰 비단 주머니를 꺼내 그 안에 들어 있던 작은 구슬들을 모두 그 쟁반 위에 쏟아 놓았다. 모주를 작은 구슬 가운데 놓은 다음 쟁반을 탁자 위에 올려놓았다. 그랬더니 신기하게도 그 작은 구슬들이 데굴데굴 굴러서 하나도 남김없이 모주를 위로 떠밀어 올리 듯 그 주위에 붙어 버렸다.

"이거 정말 신기하군요!"

풍자영은 데리고 온 하인에게 말했다.

"그 상자는 어디 있느냐?"

말이 떨어지기가 무섭게 하인이 화리목으로 만든 작은 상자를 가져다 바쳤다. 상자를 열어 들여다보니 호랑이 가죽 무늬의 비단이 깔려 있고, 그 비단 위에 남색의 얇은 비단 천 같은 것이 접혀 있었다.

"이것은 교초장鮫綃帳이라고 인어가 짠 것 같은 얇은 비단으로 된 휘장입니다."

그러면서 작은 상자에서 그것을 꺼내 보이는데, 꺼냈을 때는 길이가 다섯 치도 안 되고 두께가 다섯 푼도 안 되었던 것이 한층 한층 펴기 시작하여 열 층 남짓 펼치자 어느덧 탁자 위에 더 이상 펴놓을 자리가 없게 되었다.

"자 보십시오. 아직도 두 겹이나 더 남았으니 천장이 높은 큰 방에나 칠 수 있죠. 이것은 교사鮫絲로 짠 것인데 무더운 여름날 방 안에다 쳐 놓으면 파리나 모기가 한 마리도 얼씬거리지 못합니다. 게다가 가볍기도 하고 훤히 내비치기까지 하지요."

5-6.
군침 돌게 만드는 요리 레시피

(1) 닭고기로 만든 가지절임

희봉은 가지절임을 집어다 유노파의 입에 넣어 주면
서 웃었다.

"시골에서 맨날 먹는 가지겠지만 우리집 가지 맛이
어떤지 한번 맛보세요. 입에 맞으세요?"

"놀리지 마세요. 이게 어떻게 가지 맛일 수가 있어
요? 가지에서 이런 맛이 난다면야 다른 건 다 집어치
우고 가지만 심게요."

유노파가 정말 가지 맛인지 모르겠다고 하자 여러 사
람이 다함께 말했다.

"할머니를 속이는 게 아니라 그거 진짜 가지로 만든
거예요."

"정말 이걸 가지로 만들었단 말이지요? 제가 여태껏

먹었던 건 대체 뭐였을까요? 고모마님, 그 가지 한 번만 더 먹어 봅시다."

희봉은 다시 하나를 집어다 유노파의 입에 넣어 주었다. 유노파는 한참을 찬찬히 씹다가 웃으며 말했다.

"그래요, 가지 향이 나는 것 같기도 하지만 아무래도 가지 같지는 않구먼요. 도대체 이런 걸 어떻게 만든대요. 저한테도 좀 가르쳐 줘 봐요. 저도 한번 만들어 봐야겠어요."

"별 거 아니에요. 방금 따낸 가지의 껍질을 벗긴 다음 속살을 가늘게 채썰어서 닭기름에 튀기세요. 그리고 닭가슴살과 표고버섯, 죽순, 목이버섯, 오향을 넣어 말린 두부, 각종 말린 과일 등을 가늘게 썰어 항아리에 넣어 봉해 두었다가, 볶은 닭고기와 함께 비벼 먹으면 되는 거예요."

유노파가 듣고 고개를 절레절레 흔들고 혀를 내두르면서 탄식했다.

"아이쿠 나무아미타불! 닭이 열 마리도 넘게 들어가야 한단 말이지요? 어쩐지! 그래서 이런 기가 막힌 맛이 나는 거구먼요."

(2) 우유 넣어 찐 양의 태반
보옥은 배가 고프다며 어서 밥을 차려 달라고 떼를

썼다. 이윽고 아침밥상이 차려졌는데 처음 나온 요리는 우유를 넣어 찐 양의 태반이었다.

가모가 말했다.

"이건 우리 같은 늙은이들이 먹는 약이란다. 미처 해를 보지 못한 새끼 양으로 만든 것이지. 애들은 먹는 게 아니다. 너희들 먹도록 신선한 사슴고기를 준비해 두었으니 그거나 마음껏 먹도록 해라."

다들 그렇게 하겠노라고 대답했다. 하지만 보옥만은 허기를 참을 수 없어서 찻물에 밥을 한 그릇 말아 꿩고기 장조림을 반찬으로 단숨에 먹어 버리고 말았다.

(3) 야외에서 먹는 찬합

그때 유씨댁이 사람을 보내 찬합을 가져왔다. 소연이 받아서 열어 보니 안에는 닭껍질을 넣고 끓인 새우살 완자탕, 오리 술찜, 염장 거위 가슴살 고기 한 접시, 우유와 계란 반죽에 잣과 깨를 묻혀 돌돌 말아 튀긴 과자 네 개가 든 접시 하나, 그리고 윤기가 자르르 흐르는 구수하고 뜨거운 쌀밥이 큰 사발로 한 그릇 들어 있었다.

5-7.
이쯤 돼야 차를 마신다 할 수 있지

묘옥은 서로 다른 두 개의 잔을 내놓았다. 하나는 양쪽에 손잡이가 달린 것이었는데 잔 위에는 예서체로 반포가 瓟斝라고 새겨져 있고, 아래에는 해서체로 조그맣게 '진晉나라 왕개王愷의 진귀한 보물'이라고 적혀 있었다. 그 옆에는 아주 작은 글씨로 '송나라 원풍 5년 4월에 미산眉山 사람 소식蘇軾이 궁중의 비부에서 보았다'고 쓰여 있었다.

묘옥은 먼저 이 잔에다 차를 따라 보차에게 주었다. 또 다른 찻잔은 사발처럼 생겼지만 좀 작았다. 여기에도 역시 글자가 새겨져 있는데 구슬을 꿴 듯한 독특한 전서체로 쓰인 '점서교'點犀䀉라는 세 글자였다. 이 잔에다 따른 차를 대옥에게 주었다. 그러고 나서 보옥에게는 평소에 늘 사용하는 녹옥 찻잔에 따라 주었다. 보옥이 구시렁거렸다.

"세상의 불법佛法은 공평하다는데 어이하여 저 두 분한테는 진귀한 골동의 찻잔에 차를 주고 나에게는 이처럼 천한 잔에 주시는 겁니까?"

묘옥이 점잖게 대답했다.

"이것이 천하다고요? 보물이 넘쳐나는 도련님 댁에서도 이런 잔은 구경조차 못해 보셨을 텐데요?"

보옥이 웃으면서 슬쩍 말을 바꿨다.

"속담에도 이르기를, 어디를 가든 그곳의 풍속을 따르라고 하지 않았습니까. 이곳에 오니 자연히 저러한 금이니 옥이니 하는 것들이 모두 천한 것으로 보이는 걸 어찌 합니까."

묘옥은 보옥의 말을 듣고 몹시 기뻐하며 다른 찻잔을 하나 꺼내 왔다. 죽근으로 만든 것인데 아홉 번 꺾이고 열 번 고리 맺은 모양으로 120개의 마디에 용이 휘감긴 조각을 한 커다란 찻잔이었다.

"자, 이것밖에 남은 게 없는데, 이 큰 잔으로 다 마실 수 있겠어요?"

보옥이 기뻐하며 얼른 대답했다.

"물론 마실 수 있지요."

"다 마실 수 있다고 하긴 했지만 그렇게 내버릴 차가 없는 게 유감이군요. 이런 말씀을 못 들어 보셨나요?

'첫 잔은 차 맛을 보기 위한 것이지만, 둘째 잔은 갈증을 푸는 바보 같은 짓이고, 셋째 잔은 당나귀 물 마시는 격'이라고 말이에요. 그러면 도련님이 마실 이 큰 찻잔은 뭐가 되지요?"

그 말에 보차와 대옥이 모두 한바탕 웃었다.

대옥이 찻주전자를 들고 큰 찻잔에 한가득 따라 주었다. 보옥이 천천히 음미하였다. 과연 차 맛이 비할 데 없이 산뜻해서 칭찬을 그칠 수 없었다.

대옥이 물었다.

"이 차도 지난해 받아 둔 빗물인가요?"

묘옥이 약간은 차갑게 대답했다.

"아가씨도 아직 속인의 태를 벗지 못하셨군요. 이 찻물의 맛도 알아내지 못하시니. 이것은 제가 5년 전에 소주 현묘산의 반향사에 있을 때 받아 두었던 것으로 매화 꽃송이 위의 눈을 모은 것이랍니다. 그때 차마 쓰지 못하고 짙푸른 귀검청 꽃항아리에 넣어 땅에 묻어 두었다가 올 여름에 처음 열었지요. 제가 딱 한 번 마셔 보고 이것이 두번째랍니다. 이 맛을 모르시겠나요? 지난해 받아 둔 빗물하고는 전혀 달라요. 절대로 이처럼 산뜻하지는 못하지요. 그런 걸 어떻게 마시겠어요."

5-8.
물건에 마음 뺏기면 무슨 짓인들 못하랴

평아가 보차를 잡아끌며 말했다.

"아가씨, 저희집 소식 들으셨어요? 저희 대감마님께서 우리 서방님을 얼마나 심하게 때리셨는지 지금 몸도 제대로 가누지 못하고 계세요."

"한두 마디 듣기는 했다만 그저 헛소문인가 보다 했지. 그런데 왜 그렇게 심하게 때리신 거야?"

보차의 말에 평아는 이를 갈면서 욕을 해댔다.

"그게 다 그 못된 가우촌인가 뭔가 하는 작자 때문이란 말이에요. 어디서 굴러먹다 들어온 말라비틀어진 뼈다귀인지 모르지만 그 작자가 출입한 십 년 내에 이 집에 얼마나 많은 사단이 났는지 몰라요. 올 봄에 대감님께서 어디 지방에선가 골동부채를 보고 마음에 들자, 집에 돌아오신 다음 집에 있는 부채는 마음에 드는 게 하나도 없다시며 어떻게 해서든 그 골동 부채를 구해 오라고 사람을 보내셨죠. 그런데 하필이면 부채주인 중에 저 죽는 줄 모르고 달려드는 전생의 원수 같은 놈이 있었대요. 사람들이 '돌대가리 멍청이'라고 불렀던 인사라는데, 똥구멍이 찢어지게 가난해서 끼니도 못 이을 지경에 하필이면 그 집구석에 골동부채가 스무 개나 있었다네요. 근데도 죽어라 안 내놓더래요. 서방님이 숱하게 중간에 사람을 넣어 겨우 그 사람을 만나 거듭거듭 통사정한 끝에 그의 집으로 가서 부채를 꺼내 잠시 살펴볼 수가 있었대요. 그런데 그 골동부채가 세상에 다시없는 보물은 보물이었다나 봐요. 각각 상비, 대나무, 종려 대나무, 미록 대나무, 옥죽 등으로 만든 것들인데 부채마다 옛날 그림과 글씨가 들어 있는 골동품이었대요. 그래서 곧바로 대감님께 말씀을 드리니 그걸 사오라고 하셨대요. 돈은 달라는 대로 주라고 하시면서. 그런데 참 이상한 일도 있지요. 그 바보 같은 돌대가리 멍청이가 '굶어 죽든, 얼어 죽든 천 냥을 준대도 절대로 그것만은 팔지 않겠다'고 하더라는 거예요. 그러니 대감님으로서도 어쩌지 못하고 날마다 서방님이 재주가 없다고 욕을 하시면서, 오백 냥을 줄 테니 먼저 돈을 갖다 주고 부채를 가져오라 했지만 그 놈은 죽어라 하고 팔지 않겠다는 거였어요. 그러면서 '부채를 갖고 싶으면 먼저 내 목숨부터 앗아 가라'고 큰소리를 쳤다는 거예요. 정말 못 말리는 놈이죠.

아가씨, 한번 생각해 보세요. 그쯤 되면 도대체 무슨 방법이 있을 수 있겠어요. 하지만 그 가우촌인가 하는 막나가는 못된 놈이 그 말을 듣고 바로 방도를 생각해 냈죠. 그 부채주인이 관청에 내야 할 세금 못 낸 것을 빌미 삼아 그를 잡아들이고 가산까지도 몰수한 거예요. 몰수 재산 가운데 당연히 골동부채도 있었겠죠. 그래서 그걸 바로 이리로 보내왔다잖아요. 그 돌대가리 멍청이가 지금쯤은 벌써 돼졌는지 어쩐지는 알 수 없죠. 대감님은 골동부채를 받아들고 서방님을 야단치셨대요. '남들은 이리도 쉽게 가져오는 것을, 너는 어찌 그 모양이냐!' 그래서 서방님이 말대꾸를 했다나 봐요. '그런 사소한 일을 가지고 남의 집안을 패가망신하게 하는 일이 잘한 일입니까?' 그랬더니 대감님이 노발대발 하신 거죠. 그런 말로 제 아비의 입을 막을 작정이냐 하시면서. 그게 가장 큰 원인이었죠. 요즘 그것 말고도 몇 가지 자질구레한 일들이 더 있었는데 생각도 나지 않아요. 어쨌든 그걸 다 싸잡아서 한꺼번에 매를 들었나 봐요. 무엇으로 마구 때렸는지 얼굴이 두어 군데나 피가 터졌어요. 이모님

댁에 상처에 바르는 좋은 환약이 있다고 해 찾아온
거예요."
보차는 곧바로 앵아를 불러 약을 찾아 건네주었다.

5-9.
불꽃 축제의 밤

가모가 분부를 내렸다.

"방금 폭죽 얘기도 나왔으니 우리도 불꽃놀이를 하며 술이나 깨자꾸나."

가용이 얼른 나가 시동들에게 마당에 칸을 막고 불꽃놀이 준비하라 일렀다. 폭죽은 모두 각처에서 보내온 진상품이었다. 크기는 크지 않았지만 모두 정교하게 만들어진 것이었다. 진상품마다 제각각 의미를 지닌 폭죽도 있었다. 가모는 기가 약한 대옥이 행여 폭죽 소리에 놀랄세라 품속으로 꼭 끌어안았다. 설부인도 상운을 끌어안으려 하니 상운이 걱정 말라고 했다.

"전 안 무서워요."

보차가 웃으면서 말했다.

"상운이는 제 손으로 일부러 폭죽을 터뜨리는 애예

요. 이 정도를 무서워하겠어요?"

왕부인은 보옥을 끌어당겨 품에 안아 주었다. 희봉이 빈정거렸다.

"우리는 아무도 안아 주는 사람이 없네요."

우씨가 얼른 나섰다.

"내가 있잖아. 내가 안아 줄게. 부끄러운 줄도 모르고 이젠 어리광을 부리고 있네. 폭죽 터뜨린다는 소리에 벌집이라도 쑤신 것처럼 야단법석이야."

희봉이 여전히 웃으며 말했다.

"조금 있다가 해산하면 우리 대관원에 들어가서 폭죽을 터뜨리자구. 우린 그래도 하인 놈들보다 잘 터뜨린다니까."

그러는 사이에 밖에서는 벌써 펑! 펑! 하는 소리와 함께 갖가지 모양의 불꽃놀이가 시작되고 있었다. 하늘에 가득 별을 뿌리는 만천성, 아홉 마리 용이 구름 속을 뚫고 들어가는 구룡입운, 청천벽력 같은 소리가 나는 일성뢰, 하늘을 날면서 열 번이나 터지는 비천십향 같은 작은 폭죽도 있었다. 폭죽이 다 터지자 창극 배우들에게 명하여 각설이 타령 같은 「연화락」을 부르게 하고 무대에 돈을 가득 뿌려 주었다. 아이들이 무대에 흩어진 돈을 다투어 줍는 모습을 모두가 즐겁게 바라보았다. 다시 탕국이 들어올 때가 되자

가모가 말했다.

"밤이 길어 시장기가 느껴지는구나."

희봉이 얼른 대답했다.

"오리고기 죽을 마련해 놓았는데요."

"난 담백한 걸 좀 먹었으면 싶구나."

가모의 말에 희봉이 다시 대답했다.

"그러면 대추를 넣어 끓인 멥쌀죽을 드릴까요? 마님들께서 소식하실 때 드시라고 준비한 것이에요."

"기름진 게 아니면 너무 단 것뿐이구나."

"그럼, 살구씨 넣고 달인 차는 어떠세요? 달지는 모르겠는데요."

"그게 좋겠구나."

가모는 곧 먹다 남은 상을 물리고 다시 깔끔하게 간단한 음식을 차려 상을 보라고 일렀다. 사람들은 자유롭게 조금씩 먹고 나서 찻물로 양치하고 각각 흩어졌다.

5-10.
귀신 쫓는 법사가 열리는 대관원

가사는 하는 수 없이 도사들을 불러 대관원에서 사악한 귀신을 몰아내는 법사를 올리기로 했다. 길일을 택하여 원춘 귀비가 친정나들이 왔던 정전에 제단을 차리고, 정면에는 삼청성상을 모신 다음 그 옆으로는 이십팔수와 마, 조, 온, 주 4대 장군의 그림을 앉히고, 그 아래로는 하늘을 관장하는 서른여섯 장군의 그림을 차례로 걸었다. 사당 안에 향화와 등촉을 가득 채웠으며, 양옆에는 종고와 법기들을 배열하고 오방기를 꽂았다. 도기사道紀司에서 보내온 마흔아홉 명의 도사가 꼬박 하루를 걸려 제단을 정결하게 꾸몄다.

세 법관이 향을 피우고 정안수를 떠 올리자 법고가 울렸다. 그러자 법사들이 칠성관을 쓰고, 몸에 구궁팔괘九宮八卦의 법의를 걸치고, 발에는 등운리登雲履를 신고, 손에는 상아홀을 들고서 표表를 올리며 성인의 강림을 빌었다. 그리고는 재액을 물리치고 사귀를 쫓아내 복을 받는다는 『동원경』洞元經을 하루 종일 읽은 다음 방을 붙여 신장을 불러 들였다. 방문에는 큰 글씨로 "태을, 혼원, 상청의 '삼경영보부록연교대법사'三境靈寶附錄演敎大法師라는 글을 지어 칙령을 내리노니 본경의 제신들은 제단에 이르러 그 영을 받을지어다"라고 쓰여 있었다. 그날 녕국부寧國府와 영국부榮國府의 남자들은 위아래를 가리지 않고 모두 요괴를 잡는다는 법사가 열리는 대관원으로 구경하러 왔다.

"대단한 법령인걸! 저렇게 신장들을 불러다 요란을 떨면 요괴들이 제아무리 많다고 해도 모두 기겁을 하고 내뺄 거야."

구경꾼들은 단 앞으로 몰려들었다. 나이 어린 도사들은 기를 들고 오방을 누르고 서서 법사의 호령을 기다렸다. 세 법사 가운데 한 법사는 손에 보검을 잡고 법수法水를 들었으며, 또 한 법사는 칠성흑기를 들었고, 나머지 한 법사는 복사나무로 된 타요편打妖鞭을 들고 제단 앞에 섰다. 법기의 소리가 멈추자 위에서 영패를 두드리는 소리가 세 번 들리더니 법사들이 입 속으로 주문을 외우면서 오방기를 빙빙 돌리게 했다. 그런 뒤 법사들은 단에서 내려와 주인들의 안내를 받으며 각처의 누각, 정자, 회랑, 가옥, 가산, 연못 등에 이르기까지 돌아다니면서 법수를 뿌리고 보검으로 한 번씩 주욱 그었다. 그러고 난 후 다시 돌아와서는 연거푸 영패를 치고 칠성기를 들어올렸다. 도사들이 깃발을 한데 모으자 법사가 공중을 향해 타요편을 세 번 쳤다.

가씨 부중의 사람들은 모두 귀신을 잡는다는 말에 앞다투어 가까이 가 보려고 하였으나, 귀신의 형세는 보이지 않았다. 그럼에도 법사들은 여러 도사들에게 단지를 가져오라고 해서 귀신을 그 안에 잡아넣고 봉한 다음 붉은 글씨로 부적을 썼다. 그러더니 그것을 가지고 돌아가 탑 밑에 묻으라고 하면서 한편으로는 제단을 허물고 신장에게 감사의 인사를 올렸다. 이렇게 법사가 끝나자 가사는 공손하게 머리를 숙이고 법사들에게 사의를 표했다. 그러나 가용같이 나이 어린 축들은 뒤에서 계속 웃어 댔다.

"이렇게 크게 벌이기에 귀신을 잡아서 우리 앞에 데려 오기라도 하려나 했더니 저렇게 잡을 줄은 몰랐네. 대관절 정말 귀신을 잡기는 한 거야?"

가진이 이 말을 듣고 그들을 꾸짖었다.

"이런 멍청한 놈들 같으니라고. 요괴란 원래 모이면 형체를 이루고 흩어지면 기가 되고 마는 건데, 방금 그렇게 많은 신장들이 있었으니 어찌 감히 그 모습을 드러낼 수 있었겠느냐! 그 요사스러운 기운을 잡아넣어서 다시는 못된 짓을 못하게 한다면 그것이 법력임에 틀림없다."

가용 등은 반신반의하며, 그렇다면 앞으로 무슨 괴상한 일이 일어나지 않을지 두고 보기로 했다. 하지만 하인들은 정말로 요괴가 잡힌 줄로만 알았으므로 지금까지 품었던 의심을 모두 풀었다. 하찮은 일에도 놀라며 수선을 피우는 일도 없어지고 그 후로는 과연 아무도 그런 말을 꺼내지 않았다. 거기다 가진 등의 병도 점차 나아 원기를 회복하였으므로 모두들 법사의 신통력이 대단하다고들 여겼다. 다만 어린 하인 놈 하나만은 깔깔대며 이렇게 말했다.

"처음에 있었다는 그런 괴상한 일들은 나도 몰라. 하지만 대감님을 따라서 대관원에 들어갔던 그날 일은 분명 큰 장끼 한 마리가 날아간 거였는데, 그런 걸 전아란 놈이 놀라서 잘못 보고 요괴라고 했던 거야. 우린 그 녀석의 허풍을 감싸 주려고 맞장구를 쳤던 건데, 큰 대감님께서 곧이들으셨지 뭐야. 아무튼 그 통에 법사 구경 한번 잘했네."